LA FAUTE DE GOÛT

DU MÊME AUTEUR

La Faute de goût, Actes Sud, 2011.
Qu4tre, (en collaboration avec Sébastien Marnier, Anne-Sophie Stefanini et Fanny Saintenoy), Fayard, 2013.

ISBN 978-2-330-02282-2

CAROLINE LUNOIR

LA FAUTE DE GOÛT

roman

BABEL

à Jean, Françoise, Henri et Marguerite

L'ODEUR DE L'ÉTÉ

LE DÉBUT des vacances résonne dans la gare et dans ma tête. J'attends que l'on vienne me chercher, mon sac à mes pieds. Le préau de l'arrivée brûle sous un soleil impassible.

Autour de moi, août s'épanouit sur les visages et sur les corps. La France, hâlée, avenante, en bras de chemise et jambes nues, se retrouve et s'interpelle. La gare de Lyon bondée et transpirante, quelques heures de train avec la peau saisie par la climatisation, des kilomètres de champs de blé avalés au travers des vitres, une petite gare de pierre claire modèle 1900, deux quais, deux auvents grésillant de lumière, et nous voilà tous déliés de notre vie d'avant les congés, projetés dans l'oisiveté. Dans le hall, les bras se tendent, les rires se congratulent, les grands-parents s'agenouillent, les enfants courent ou hésitent, les valises passent de mains en mains et tous repartent en groupe, dans les exclamations.

C'est le seuil des vacances. Comme d'habitude, je suis déroutée, lasse et ravie.

Une voiture s'arrête devant moi et m'apostrophe. Ma tante Brigitte surgit, me tend la joue, s'empare de mon sac et démarre dans un grand courant d'air. Nous échangeons des nouvelles en riant, sans s'écouter. Nous commentons les présences et les absences. La route défile, si familière. Je la guette avec la méfiance de ceux qui ne veulent pas la voir changer.

Mes parents randonnent. Alexandre est retenu par une conférence. Mes sœurs et mes plus proches cousines s'égaillent à la plage, au bout du monde ou devant leur écran. J'ai couru ici. La maison de mon arrière-grand-père rassemble quatre générations et fait le plein la semaine du 15 Août. Voilà des étés que je n'y étais pas revenue.

Un chemin en épingle et les roues crissent sur les graviers qui susurrent leur bienvenue. Les portières bâillent, je saute dans la cour, presque de terre battue. J'arrache mon sac à Brigitte qui résiste bien entendu un peu, et nous entrons dans le parc. Vue des allées, la maison est tout sourire. Elle m'embrasse de ses trois ailes de pierres chaudes. Un magnolia excentrique couve le bassin. Les poissons, bien élevés, accourent dès que l'on se penche. Peut-être savent-ils qu'ils sont un sujet consensuel. Quelques transats. Des tables et des chaises en plastique. L'été en PVC.

GALERIE

LA GRANDE porte vitrée de l'entrée tressaille et les mêmes tentures pâles m'accompagnent jusqu'à la cuisine. Personne. La toile cirée aux motifs de Provence luit, poisseuse. La cocotte fulmine. Des voix claquent du fond de la maison. Je rebrousse chemin jusqu'à la grande salle, fraîche et sombre. Sur le seuil, un grand "Ah !" m'acclame. Elle est là, ma galerie d'ancêtres. Animée et oisive, heureuse d'être réunie.

"As-tu fait bon voyage ?

— C'est gentil, Brigitte, d'être allée la chercher.

— As-tu remercié ta tante ?

— Je vous sers un porto ?

— Il doit faire tellement chaud à Paris !

— Viens donc embrasser ton vieil oncle !

— Veux-tu des glaçons ?

— Comment va ton mari ?"

Ce siège de questions convenues nous apprivoise. Les plus intéressés les reprendront lorsque je serai assise. J'ai la chair fraîche des nouveaux arrivés. J'embrasse d'abord Madeleine, ma grand-mère, et son odeur de crème, puis Paul, mon grand-père, et sa peau mouchetée de son. Tous se sont levés. J'effleure leurs joues sous un feu affectueux d'exclamations. J'égrène les surnoms des quatre sœurs de ma grand-mère, un à un, pour le plaisir régressif de les nommer. Dans notre tribu, hors la caste bienveillante des grands-tantes, avec leurs maris et sa hiérarchie propre, chacune ici redevient fille de, identifiée par sa classe d'âge, tante, nièce ou cousine. Les prénoms n'ont vraiment d'importance qu'à niveau égal. Petite, je les ai parfois révisés avant d'arriver, dans la voiture. Les réciter, branche par branche, était comme redescendre de l'arbre.

Mes quatre grands-tantes et leurs maris constituent ma plus grande collection de vieux. Du plus loin que je me souvienne, je les ai toujours évités soigneusement. Enfin, autant que l'on puisse échapper à des colocataires dotés d'une inextinguible autorité morale. Je me méfie de leurs questions pressantes et de leurs jugements hâtifs. Ma réserve ne les dérange pas. Chacun ici est un sujet d'analyse. Particulièrement les adolescentes, elles sont si transparentes. Ils m'ont tous observée grandir. Je commence à peine à les voir vieillir. Nous nous regardons passer.

Les femmes dominent cette grande famille. En nombre comme en volume sonore. Le fils est souvent considéré comme imprévisible. Le mari, débonnaire, incarne bien volontiers l'autorité gestionnaire. Il est portefeuille, géniteur d'idées politiques et potiche qui approuve l'administration du foyer. L'épouse est femme, mère, hôtesse, gardienne des liens familiaux, oreille attentive, joie de la maison et potiche dans les affaires extérieures.

Ce soir, nous sommes une quinzaine. Je serre mon porto et m'empiffre de pistaches. Ma tante anorexique, Lucie, dresse un procès-verbal à chacune de mes poignées. C'est la seule qui ait osé trahir le nez familial et le changer pour celui de Catherine Deneuve.

"Tu es partie au Cambodge, l'été dernier, n'est-ce pas ? Raconte-moi ! As-tu visité Angkor ?" Solange, l'une des quatre sœurs de ma grand-mère, exige toujours le récit de nos voyages pour s'émouvoir de ses propres souvenirs. Elle est hors sujet. Ou avide de nouveaux thèmes. Cinq minutes de sourires et de hochements de tête m'ont confirmé que, cet été, la piscine régnera en maître sur les conversations. Sa construction s'est achevée juste à temps, au début des vacances. Sa première mise en eau date du 14 juillet, un symbole à la hauteur de la révolution qu'elle constitue dans notre indivision.

"Est-ce que tu sais que ton grand-père a exhumé son maillot de bain des années 1970 ? Trente ans après, il lui va toujours aussi bien. Un vrai play-boy !

— Tu le connais : il nous a tenu des raisonnements scientifiques pendant deux semaines. Jeudi dernier, il s'est enfin décidé à entrer dans l'eau, mais orteil par orteil. Et là, il a découvert que nager ne s'oubliait pas. N'est-ce pas, Paul ?"

Mon grand-père sourit à ses beaux-frères goguenards. Ma grand-mère confirme, radieuse, l'anecdote et me tapote le bras :

"Chérie, tu n'oublieras pas d'aller dire bonjour à Rosana et António ?"

Oui, les vacances commencent vraiment. Ici, à peine assis, il y a toujours quelqu'un à qui il faut dire bonjour ou au revoir.

"N'embête pas ta petite-fille, Madeleine. Tu sais très bien, en plus, que s'il y en a une qui ira voir les gardiens, c'est elle."

L'allusion de ma grand-tante Solange remporte son succès. J'ai toujours été fascinée par la famille des gardiens. Et en particulier par António. Abrutie de romantisme, je me suis repue pendant des années de leur univers inaccessible mais si familier.

Astrid, encore une tante, se lance dans le détail des exploits aquatiques de ses trois enfants. Elle rit en imitant leurs voix et leurs phrases décousues. Sa belle-mère se ressert un porto, tout attendrie. J'ai envie de voir le parc, avant le dîner.

Je pose mon verre. Mon grand-père m'observe.

"Couvre-toi, le soir est frais !"

DEHORS

DEHORS, la lumière de la cour et l'ombre des grands marronniers. Que j'aime ce dépérissement paresseux ! Les arbres s'épuisent à ombrager l'allée centrale. Les pelouses sont veloutées de mousse, vérolées des restes des primevères. Les haies de buis s'amollissent. Le jardin, à peine soutenu par les vieux remparts, plonge sur le village, la vallée et l'autoroute. Le fil à linge jeté à la face du monde prouve indiscutablement que le château est habité. Au fond, la silhouette du haut portail, devenu impotent. Nul n'a jamais songé à le repeindre. La rouille des battants semble anoblir les lieux. Elle porte le sceau tranquille de tous les hivers passés là. Le temps, devenu palpable, confond le clan et la terre. Ce seuil fut le chaperon de notre liberté d'enfants. Au-delà, l'avant-cour, la maison des gardiens, une grille noire entrouverte, puis le monde.

Rosana épluche des pommes de terre sur sa terrasse. La bâtisse des gardiens s'appuie sur les remparts. Elle a la modestie paisible des foyers encadrés de pots de géraniums. La radio résonne de rires. Ce soir, ils auront des frites. Ses gestes et le mouvement de son buste ont l'harmonie gironde de la cuisinière sûre et pressée.

"Tiens, te voilà, toi, j'ai vu que Brigitte était allée te chercher à la gare.

— Bonsoir, Rosana ! Vous avez gagné, le camélia a survécu. Qu'est-ce qu'il a poussé en deux ans !

— C'est sûr, et tes hortensias aussi. Tiens, assieds-toi, ne reste pas plantée là."

Le plastique de ma chaise racle les dalles. Derrière, la télé allume le salon de bleu. Le soir s'enfle du bourdonnement d'un match de foot.

"C'est le fils qui regarde Auxerre."

Julien, dix-sept ans, dégingandé et sombre. Je ne connais plus de lui que son scooter rutilant et ses casquettes. Il a grandi sans prévenir, d'un seul coup, les étés contestataires pendant lesquels j'ai évité la maison. Depuis, on ne se parle plus. On n'a rien à se dire.

"Ton grand-père t'a montré la piscine ? Il faut les y voir, les petits, tout à crier de plaisir." Elle rigole, bavarde. Elle aussi, elle nous regarde vivre. Mais que pense-t-elle, vraiment ? Elle est arrivée ici il y a peut-être vingt ans. Mon arrière-grand-père, Félix, souhaitait repeupler sa vie désertée et sa cuisine. Avant Rosana, il a dû souffrir bien des débâcles. Un vent de liberté lui soufflait toutes ses aides ménagères après qu'elles eurent essuyé une année, un mois ou parfois seulement une semaine de régence militaire décatie. Mon arrière-grand-père, gonflé de la légitimité de son titre de général, de son nom, de son passé de résistant et de son physique puissant, savait hurler des insanités aux moments les plus inattendus. Le surréalisme de ces colères était éreintant.

Avec Rosana en revanche, rien de tel. C'est elle qui a usé notre figure historique. Parce qu'elle s'en fichait du vieux, parce qu'elle avait torché bien d'autres gâteux et parce qu'elle sait être tranquillement ordurière. Parce qu'elle n'avait pas le choix. Les drapeaux marqués de la croix de Lorraine du couloir ponctuaient glorieusement leurs échanges de poissonnières gouailleuses. De tolérée, elle est devenue incontournable. Ma grand-mère et ses sœurs se sont résolues à ce qu'elle connaisse toutes les ombres de la maison. Elles se sont résignées à ce que la présence besogneuse de Rosana trahisse aux yeux du monde leur répugnance à accomplir le devoir filial qui a fondé leur éducation. Rosana et mes grands-tantes s'accordent ce mépris patiné de longues années de cohabitation froide et d'intérêts réciproques.

Quand mon arrière-grand-père est mort, sa cuisinière s'est effondrée au cimetière. Elle s'est accrochée au cercueil. Ses cris me glacent encore. António, le visage fermé, a soulevé les cent kilos de sa femme et l'a ramenée à sa condition. Elle a gémi les Notre-Père que nous concédions. Lorsque le contrat d'António, ouvrier intérimaire depuis des années à l'usine du coin, n'a pas été renouvelé juste avant un dégraissage massif, il a essuyé ses mains noires pour les poudrer de plâtre. La petite famille a retapé la maison adossée aux remparts, à l'entrée du parc. António a été promu gardien, jardinier, homme à tout faire. Il travaille maintenant aussi les champs des viticulteurs voisins. Mélanie, leur aînée, est vite partie sur la côte travailler chez un coiffeur. Elle y a épousé un gars contre l'avis de ses parents, aujourd'hui derrière les barreaux. Sa mère m'en parle souvent. Je serai bientôt avocate. Nous savons pourtant toutes les deux que jamais Mélanie ne me confiera son histoire.

Leurs fils, Julien, est né ici. Il a passé toute son enfance dans les souterrains avant d'enfouir son adolescence dans le garage, à bricoler sa bécane. Ils n'ont pas de chien, il salirait le parc et les enfants ne pourraient plus ramper sur la mousse. Quoique. Voilà deux étés qu'un des cousins de ma mère vient avec un énorme labrador. Le chien fait voler ses longs poils clairs dans le soleil du matin. Une image d'évangile. António ne dit rien.

António est sec, brun et silence. Sa moustache noire ne sourit jamais. Quand il boit, elle pend. Il ignore les enfants et les femmes. Il travaille beaucoup, sans bruit, dans l'odeur de ses Gitanes. Sa présence muette, aux alentours, perchée sur une bêche ou penchée sur un massif, force à la gaieté. Il faut que l'ombre passe. António incarne sans un geste, sans une parole, la résignation amère. Je l'ai découvert un jour des vacances de la Toussaint. Je devais avoir quinze ans. Ici, le râteau et le ramassage des feuilles de marronnier collées aux pelouses personnifient l'automne. Le soir n'en finissait pas d'être humide et nous beuglions, avec ma cousine Manon, le *Bella Ciao* en rassemblant un gros tas. J'ai levé les yeux. António nous observait, un bidon d'essence à la main, impassible. Manon a entonné une chanson de Goldman.

António se fiche de nos vieilles pierres. Il barbouille les remparts de ciment dès qu'ils bâillent. Nous critiquons, trop heureux de ne pas prendre l'initiative d'une défiguration nécessaire. La seule fois où il a manifesté un intérêt pour le passé du château, c'était encore pour des histoires de feuilles, à Pâques dernier. Mon grand-père s'employait depuis quelque temps à susciter notre curiosité en soliloquant sur la destination originelle de la tour crénelée, et la possibilité qu'elle fût jadis une chapelle. Il voulait retrouver le sol d'origine pour vérifier s'il était pavé. Nous avions donc entrepris avec Alexandre de vider cette fantaisie cheap du XIXe siècle de l'amas de feuilles mal brûlées, de terre et de détritus accumulés là depuis des décennies. Notre initiative a troublé bien des habitudes. Nos efforts ont anéanti l'inhumation de tous les automnes dans la tour, par déversement discret des cargaisons des feuilles ratissées. Chacun y allait de son inspection et de ses commentaires. Deux jours nous ont suffi pour déblayer et pour vider nos brouettes cinquante mètres plus loin, à l'entrée du bois. Après nos premières allées et venues cahotantes, António est venu soupeser d'un bref silence la pertinence de nos efforts et le choix de nos outils. Jamais nos coups de pioche n'ont été aussi convaincus qu'après sa bouffée d'ironie. Le soir du deuxième jour, le sol balayé avait la grise mine d'une dalle de béton.

Rien des carreaux ou du pavement de pierre espérés. En revanche, deux trous rectangulaires de la taille d'un homme, remblayés par des gravats et envahis de racines, béaient. Nous spéculions, ravis, assis au bord d'une des fosses. António est entré. Il s'est adressé à Alexandre :

"Alors ?

— Non, rien. Sauf ces deux os. Peut-être un fémur."

António n'a pas saisi les os tendus. Il a sifflé entre ses dents. Une longue stridulation éloquente puis il est parti. Nous avons attendu que ses pas s'éloignent sur le gravier pour libérer notre rire, nourri de fatigue. L'histoire de ces deux tombes vides n'a pas de fin. Elle n'a pas passionné la famille. Tout le monde a un cadavre dans son placard et mon grand-père a perdu les os. L'année prochaine, nous brûlerons sans doute à grand-peine, de nouveau, les feuilles qui pourrissent dans la tour et ses pierres continueront à se desceller sous l'effet de la chaleur.

Le soir coule, humide. C'est vrai que j'aurais dû prendre un pull. Rosana me raconte les potins du village, que j'entendrai maintes fois cette semaine. Sa voix ronde chatouille les commérages. La cloche du dîner sonne, depuis la cour. Nous nous regardons :

"Vous direz bonjour à António et à Julien pour moi ?

— Mais oui, file, que je te dis !" Je passe le portail en m'efforçant de ne pas courir.

ANCIEN TESTAMENT

AU COMMENCEMENT, il y a eu Félix, dit le Général, père de ma grand-mère maternelle. Mon arrière-grand-père a été banni, comme sa femme, des terres familiales par le jeu des successions. Toujours le bienvenu sur les propriétés de son enfance, il a rejeté le statut d'éternel invité dans des maisons trop connues. Il voulait être de ceux qui appartiennent à un lieu. Posséder des souvenirs accrochés à des murs de pierre et à leurs petites fougères. Posséder, légitimement.

Félix a acheté cette maison à son retour du front, au crépuscule de la Seconde Guerre mondiale. Son souvenir retentit de l'épopée qu'il a entreprise pour rejoindre les Forces françaises libres, en 1941. Il a porté haut les couleurs de la France et n'a réapparu qu'à la Libération. Sa femme et ses huit enfants ont vécu de la compatissante charité familiale, de châteaux en châteaux, pour fuir les embarrassantes questions sur sa disparition. Cette période est l'un des âges d'or de sa fille Madeleine, ma grand-mère. Elle n'aimait pas son père, colérique et violent. Elle n'ose se l'avouer qu'aujourd'hui, plus de dix ans après sa mort. L'aura de la sainte Famille est difficile à flétrir. La cohésion, la transmission, la solidarité, l'épanouissement au sein du clan, c'est l'objet de sa vie. Ma grand-mère a réussi d'ailleurs, à force de conviction affectueuse, de préjugés et d'aveuglement tranquille.

Félix, notre héros, était hystérique. Je me souviens de lui, vieux, blanc et massif, qui voulait atteindre cent ans et jouait au châtelain. Son cercueil fut drapé des ors de la République et les trompettes sonnèrent. Le cimetière où il repose est régulièrement inondé par la rivière.

Il a choisi de s'installer près du fief de sa belle-famille. Les parents de mon arrière-grand-mère ont vécu pendant des générations en suzerains industriels de la bourgade où ils avaient établi leurs soieries. Le village compte treize châteaux. Un seul est ancestral. Douze ont éclos au XIXe siècle, pour enraciner dans la terre la nouvelle aristocratie du franc germinal. Mes aïeux, philanthropes satisfaits, employaient des orphelines et leur donnaient foyer et métier, sous la vigilance certainement bienveillante des contremaîtres. Il m'est difficile de comprendre ce que ma grand-mère en pense. Je l'entends soupirer : "C'était une époque." Je ne sais rien répondre à cette concession nostalgique et résignée. Lorsque nous marchons à petits pas dans les allées de son enfance, elle préfère me faire revivre ses vacances à la Ségur, les voitures à âne, la ribambelle de cousins, le théâtre, les parties de pêche à la grenouille et de tennis.

Du temps de Félix, une grand-tante, ou pire, un oncle ou un cousin, jubilant d'autorité, venait chaque jour nous rappeler au meilleur de nos jeux d'aller embrasser le patriarche. Nos joues roses étaient l'offrande quotidienne servie au dépérissement du vieux. Le sang neuf. En rang d'oignons dans le salon Louis XVI devant l'arrière-grand-père sans âge, nous étions silencieux, saisis de notre importance symbolique de descendance en marche. Nous ne repartions pas sans chocolat.

Mon arrière-grand-père est mort et la maison fatiguée s'est figée en icône de famille. Le château est géré en indivision par ses cinq filles, certaines ont même emporté une aile. Les meubles ont été partagés, le piano à queue est parti, les

Gymnopédies se sont tues. Personne ne trahit le cérémonial des vacances. Dix ans n'ont pas fêlé la chape consensuelle posée en équilibre sur les querelles d'héritage. Les salons fusent encore de parties de bridge, d'apéritifs, d'histoires d'interventions chirurgicales, d'attentes de mariages et d'annonces d'enterrement. *Le Figaro* traîne partout. Du temps de Félix, nous recevions également *Paris Match*. Chaque chambre recelait des trésors de vieux numéros. Je suis imbattable sur les actions terroristes des années 1970 et 1980. Quand je regarde notre assemblée, comme ce soir, en buvant ma tisane, elle me semble improbable. En dehors de ces quelques gouttes de sang que nous partageons et de cette maison, érigées en symboles et transmises à chacun comme partie de notre identité, rien ne nous réunirait. Eternel mais irrésistible constat. La logique de lignée a ses limites.

Secouer ces vieilles pierres pour redresser un mur, planter un arbre, déplacer l'éternel tas de feuilles mortes s'avère hautement politique. La maison est empaillée. La famille parlemente, se passionne pour l'initiative incongrue. Chacun donne son avis, et surtout prête une opinion à l'autre, à l'absent. Les repas s'animent. Et nous débattons à grand renfort de déclarations, de roses ou d'hortensias, de portes blindées ou de verrous. Des alliances se dessinent pour le plus grand plaisir de nos journées oisives. Le diktat du consensus divertit gracieusement notre petite communauté. Dans ces tractations, mon grand-père sait incarner la sagesse. Fils unique et orphelin de tout mythe familial, il a épousé celui de sa femme, Madeleine. Sa famille n'a pas cru que leur histoire devrait peser sur les générations suivantes. Sans conflit de loyauté, il est le beau-frère, l'oncle, le grand-père de référence. Il écoute, posé, auréolé à jamais par le prestige de sa grande école et le confort de sa réussite professionnelle. La justesse paisible et cossue de son existence nourrit la confiance de la famille en son avenir. Il est aussi celui qui paie, l'investisseur. Aimé, incontournable et donc agaçant.

Dans cet imbroglio d'intérêts, de rancunes enfouies et de fidélités, ma grand-mère et ses quatre sœurs ont résisté. Les années qu'elles ont passées côte à côte les soudent. La maison tient. Mais à la mort de la première sœur, ses enfants deviendront copropriétaires. La génération suivante accédera au pouvoir. Cette intronisation rouillera la chaîne de l'enfance commune. En sautant d'une sœur à un neveu, d'un neveu à un cousin germain, le lien du sang sera dilué. L'indivision, sans fard, deviendra ingérable. Tout le monde sait qu'elle ne passera pas cette communauté de grands-tantes qui ont voulu aménager le lieu en maison de retraite. Personne ne formulera jamais cette évidence. Par respect, par éducation, par compassion pour leur rêve de vieux. Pour croire encore qu'un des nôtres aura les moyens de racheter seul ce bout de nous. Notre impuissance, nouvelle, est assez cruelle à admettre.

En cette fin des temps, dans cette longue chute que nous pressentons, il y a encore un homme. Mon grand-père, Paul, porte ce rêve à bout de bras.

LA PISCINE

LE SOLEIL est timide mais c'est l'heure précieuse où la maison dort encore. Seule ma grand-mère laisse fumer son thé dans la cuisine et enchante les couloirs de l'odeur des tartines. L'hiver, quand je me lève au petit matin, les champs sont enrhumés de brume. Hier, j'ai enterré ma soirée dans un policier truculent, une poire et une tisane. Dès mon arrivée, mon grand-père m'en avait vanté les mérites. S'embusquer dans un fauteuil pour se plonger dans un polar est une sauvagerie tout à fait acceptée. La piscine m'attend, après elle sera trop mondaine.

Tiens, le grincement de la porte du potager ne m'a pas éraflé l'oreille. António a dû huiler les gonds. Je le vois très bien, à la fraîche, un soir à dix-sept heures, penché sur les montants, dans le halo de sa cigarette, et la grâce de ses mains écornées. Avant, seuls les enfants poussaient cette porte et en sautaient le pas. Elle leur promettait une orgie autorisée de framboises puis de groseilles et de cassis dans un bourdonnement terrible d'abeilles. Il fallait singer la délicatesse pour serrer une poignée de baies et non une bouillie sanguine. Belle réhabilitation pour ces planches élimées que d'être le sésame de la piscine. Un eldorado, en cet été caniculaire. Caniculaire, c'est ce mot rabâché qui a dû décider mon grand-père. De nos jours, la chaleur tue sournoisement nos têtes blanches qui ont cru trouver dans le Sud un refuge clément. La canicule, l'ennui et le besoin d'entreprendre. Voilà trois raisons pour construire une piscine. Mon grand-père tenait à réfléchir, mesurer, calculer. Il s'est affairé tout le printemps. Il s'est lancé dans l'audition des pisciniers du coin pour choisir le gars qui partagerait son souci de la technique et comprendrait les contraintes du sol. Il a envoyé ma grand-mère en mission de renseignement chez leurs connaissances déjà pourvues. Il a creusé le potager pour y enfouir le vide de sa retraite, créer et diriger. Il a noyé dans le chlore le sentiment que personne n'attend plus rien d'autre de lui qu'une gestion soignée de son patrimoine, en bon père de famille. Mais parce que j'aime à croire que l'amusement de ses yeux se fend d'ironie, je vois dans cette piscine l'un de ces défis dérisoires qu'il affectionne. A la regarder, rien ne le laisserait penser. Elle coule, bleue, limpide, des jours heureux. Tranquillement laide avec sa margelle en pierres reconstituées et son liner bleu turquoise.

Mais peu importe, planter une piscine dans une indivision reste hardi. Pharaonique. Une mainmise sur les affaires de la copropriété. J'imagine ce qui se dit, hors les murs. Paul a une insatiable soif de contrôle, de puissance. Et ce plaisir à étaler son fric ! Peut-être un résidu de ses origines modestes. Il a fait un beau mariage, avec Madeleine. Il vient d'une famille d'horlogers. La générosité de mon grand-père est pourtant irrésistible. Je ne sais pas comment il a dit aux sœurs de sa femme qu'il leur offrait la piscine. Un mystère plane sur la répartition des frais d'entretien. C'est une pudeur inhabituelle. Et moi, à peine arrivée ici, penchée sur l'eau claire, je ne puis m'empêcher d'y réfléchir. Je suis déjà acteur des conflits de cet été.

La chaleur a emporté les réticences. Le sérieux de la charge de grands-parents aussi. Et la peur que cette année, peut-être, les parents et les enfants passeraient leurs vacances ailleurs. Ils ont pensé aux cris de joie des enfants, aux premiers bains des plus petits, à l'approbation lascive des adolescentes sur les pierres chaudes, au crawl énergique des parents. Les puces de canard ont fait le reste. Avant, nous partions en tribu nous égailler sur les plages privées de la rivière. Nous sautions du ponton dans la vase, débusquions les écrevisses cachées sous les cailloux. Grandir signifiait parvenir à traverser sans bouée jusqu'à l'autre rive. Depuis deux ans, nous avions déserté ces berges, découragés par les démangeaisons dues à ces parasites. Mon grand-père a gagné.

Le grand parasol crème offre une ombre distinguée. Un crocodile lubrique est tapi dans l'eau. Les transats admirent la vue de la vallée, splendide. Je jette mon tee-shirt, dénoue ma serviette et plonge dans l'eau bleue. Désormais, sur les cartes postales vendues au village, la vue aérienne du château sera sertie d'un saphir, gage incontestable du bonheur opulent de la famille.

PLONGEON

A MA VINGT-TROISIÈME longueur, mon grand-père pousse la porte. Il se penche lentement pour consulter le thermomètre, me lance un “Quelle jeunesse !” et vérifie ensuite la qualité de l’eau. Il rayonne de la bonne humeur des matins ensoleillés. Je redouble d’efforts. Il s’assoit au bord de la terrasse, à demi tourné vers la vallée, sa casquette de feutre sur la tête, et déploie son journal. Les pages se froissent : d’abord le carnet du jour à l’affût d’un décès, puis les indices du CAC 40 et enfin l’éditorial. Mon grand-père a ses rites.

A ma trente-cinquième longueur, mon grand-oncle Pierre, le plus vieux de nous tous, entre en laissant claquer la vieille porte en bois, sa serviette en ballot dans ses bras. Il claironne un ample bonjour. Je lui réponds en prenant garde de ne pas boire la tasse. Mon grand-père le congratule avec la camaraderie virile qui sied à son arrivée tonitruante. Pierre ouvre le parasol, tire une chaise, s'installe et entame la lecture du quotidien local en soupirant jovialement. Les clapotis de l'eau et le bourdonnement de la vie alentour reprennent leurs droits. La piscine est paisible.

A ma cinquantième et ultime longueur, personne ne répond à mon "Quel plaisir !". Pierre et mon grand-père discutent avec animation. Je sors de la piscine et me rapproche, serrée dans ma serviette, pour lire les grands titres sur le dos des pages qu'ils tiennent.

Pierre a l'air soucieux. Son ton est ferme et ses joues teintées d'indignation.

"La fille de Martine, que tu connais, celle qui a épousé un centralien, est professeur dans un lycée de la banlieue parisienne. Ce qu'elle raconte est effrayant. Le lycée n'a plus le pouvoir d'imposer le redoublement, ce sont les parents qui, au final, décident. Ils considèrent qu'arriver jusqu'au bac est un droit acquis. Et si vous tirez la sonnette d'alarme ou proposez une réorientation, les parents vous répondent : «Madame, vous comprenez, avec tous les sacrifices que l'on a faits !» Mais de quels sacrifices parle-t-on ? L'école publique est gratuite ! Dans ces quartiers, les loisirs, les sports sont subventionnés, la piscine est gratuite !"

Je l'interromps, en riant :

"Oui, enfin, même avec la suppression de la carte scolaire, vous ne risquez pas de retrouver les élèves de ces lycées-là dans ceux des centres-villes."

Pierre et mon grand-père me regardent. Ils m'ont entendue, mais ils reprennent leur conversation. Je m'assois dos à eux, emmitouflée dans ma serviette, les jambes dans l'eau.

Pierre est encore tout échauffé.

"Paul, je vais te dire une chose qui me tord les tripes. Ces remparts, cela fait soixante-six ans qu'ils dorment en paix. C'est complètement inédit dans l'histoire de France ! Eh bien, je ne crois pas que la jeune génération en ait vraiment conscience."

Mon grand-père se masse lentement la tête dans ce geste de réflexion qui lui est coutumier. Son ton rêveur tranche avec la fougue de son beau-frère.

"Tu as raison. Au moins, nos enfants ont grandi avec nos histoires de guerre. Elles étaient accrochées à nous. Après, on leur a martelé combien leurs vingt ans ne ressemblaient pas aux nôtres. Et ils ont été contaminés par ce que nous avons fait pendant ces années-là."

Mon grand-père prévient d'un mouvement de sa main la réaction de Pierre.

"Attends, je veux juste dire qu'ils ont dû répondre des... des affinités politiques de leurs parents."

Pierre laisse résonner cette phrase, gagné par la quiétude du matin et l'habitude de leur conversation. Il étend ses jambes sur un tabouret.

"Oui, et les aînés ont aussi connu la guerre d'Algérie. Ils nous ont vus nous inquiéter pour la famille restée là-bas. Ils ont accueilli leurs cousins qui rentraient sans rien."

Mon grand-père le laisse finir mais poursuit le fil de sa pensée.

"Tandis qu'aujourd'hui, chacun de nos petits-enfants est persuadé qu'il aurait été résistant."

Je tousse un peu. Ils ne se retournent pas. J'observe Pierre qui répond avec volubilité. Je soupire et plonge dans l'eau pour quelques bruyantes longueurs de crawl. Cher grand-oncle, l'heure n'est pas à l'exaltation de la jeunesse : elle serait sans utilité. Nos vingt ans, nos trente ans ne sont pas chair à canon. Votre survie et la perpétuation du système ne se décident pas au bout de notre fusil. La voracité de l'Histoire m'a épargnée. C'est vrai, je suis de ceux qui restent assis, à contempler leur siècle. Au bord de la piscine. J'ébroue mes deux jambes dans une eau bien chlorée. J'attrape les feuilles qui flottent, les dépiaute. L'Histoire de ma petite vie est de ne pas en avoir. J'échappe à la marche du monde, qui ne m'a pas happée.

Quand je m'arrête, leur silence, nouveau, me surprend. Pierre a déballé de sa serviette, posée sous sa chaise, une bouteille de whisky et deux petits verres. Ils boivent lentement de longues gorgées. Mon grand-oncle lève son verre vers moi et m'interpelle, avec un clin d'œil :

"Tu ne trahiras pas tes aïeux, n'est-ce pas ?" Mon grand-père me sourit gentiment. Leurs propos dérivent sur la cherté des impôts. Je me hisse sur le bord et me sèche. Un peu de vent nous fait frissonner et je regarde devenir frileux ceux-là même qui bénéficient de l'âge d'or de notre système de retraite. Leurs mains qui tremblent aiment l'assurance que leur donne le verre qu'elles tiennent. A leur âge, ils préfèrent concentrer leurs efforts, consacrer leurs talents à asseoir les liens de solidarité de leur famille, de leur groupe, sur lesquels ils peuvent enfin prétendre régner un peu.

Un tintement de casseroles échappé de la cuisine me rappelle que la matinée avance. Pierre me demande :

"Sais-tu ce qui est prévu pour le déjeuner ?"

Mon grand-père coupe court à mon indignation :

"Salade composée et plateau de charcuterie."

Je le dévisage, atterrée qu'il me connaisse si bien. Je tiens cependant à répondre à Pierre.

“Vous avez raison, ma jeunesse est très facile.”

Mon grand-oncle m’écoute avec bienveillance.

“C’est sûr, je ne connais pas la guerre et je ne connais pas la privation. Pire, je sais que ma jeunesse ne ressemblera jamais à celle de tante Solange. Je n’ai pas connu d’autorité paternelle omnipotente, et en plus, je ne vis pas sous la tutelle de celui qui couche avec moi !” L’immense éclat de rire de mon grand-oncle me force à me taire. Son grand corps hoquette, renversé sur sa chaise, complètement abandonné à son tressaillement jubilatoire. Son hilarité est tellement sincère qu’elle est irrésistible. Nous partons tous les trois d’un long fou rire, fatigués de soleil ou de whisky. Quand nos quintes s’espacent, Pierre se redresse et finit par se lever.

“Eh bien, on peut dire que tu as du caractère ! Il faudra que j’en parle à ton mari.” Il rince les verres au jet d’eau, les empile puis les roule, avec la bouteille de whisky et toute sa liberté, dans sa serviette. Il nous quitte en sifflotant. Le soleil est plus haut. Mon grand-père se déplace sous le parasol. Je m’enduis de crème et m’étends pour m’abandonner à mes angoisses.

Je bronze mais j’ai peur. Peur de ce teint hâlé sans labeur. Peur de cette vie sans lutte. Peur du clanisme décomplexé dont je suis un beau produit. Je me chauffe tranquillement au soleil de notre société. Je ne déroge à aucune règle et surtout pas à celle de la révolte conventionnelle de la jeunesse rangée. Je n'ai rien à arracher à la face du monde pour exister. Je n'ai jamais connu que l'aisance. Tout m'a été donné pour perpétuer ma classe. J'aime ma famille et j'en suis aimée. J'étudie, je me cultive, je voyage, je dépense. Quoi que je souhaite entreprendre, trois connaissances de la famille me sont recommandées pour que je sollicite leurs conseils. J'attends seulement l'âge de la légitimité, celui qui permet d'être entendu.

Allongée sur les pierres chaudes, attentive au gazouillement du robot-aspirateur, la joue sur le journal que m'a laissé mon grand-père en partant et la main perlée d'eau fraîche, je regarde la vallée.

PORTÉE

La porte en bois cogne le mur et des petits pas en croches claquent sur les dalles de la terrasse. Dans un flot brouillon de phrases chantées comme des comptines, les enfants de ma tante Astrid prennent possession de la piscine. La vallée s'étale encore fraîche dans le matin, le village ronronne toujours, paisible, mais mes cousins semblent avoir tout barbouillé de confiture. France enjambe mes genoux :

"Tu lis quoi ? Tu m'aides ? J'arrive pas à mettre ma bouée."

Un regard de sa mère. La petite fille se reprend, avec un sourire enjôleur :

"S'il vous plaît, ma tante."

Astrid rayonne :

"Elle est bonne ? Elle est à combien ?"

Melchior saute bruyamment dans la piscine, sa sœur mouillée hurle. Il est ravi.

J'étale sur l'herbe mon journal humide pour qu'il sèche.

"Maman, maman ! Maman ? Ma-man ! T'as vu ma bombe ? J'ai sauté loin, non ?

— Je t'ai déjà dit de passer sous la douche avant de sauter. C'est dangereux d'entrer dans l'eau sans d'abord se mouiller."

Sa réponse sèche est noyée dans de grands bruits d'eau. Astrid s'étend sur un transat, sous le parasol, pour donner un biberon à sa dernière. C'est le moment de partir. Après tout, je n'ai pas pris mon petit-déjeuner. Je me lève.

"Alors, Alexandre est en conférence, c'est ça ? C'est agréable de passer des vacances dans ta famille sans lui, non ? Quand Sébastien travaille et que je prends mes congés pendant les vacances scolaires des enfants, je file chez mes parents. Sans hésitation. Ce n'est pas la même ambiance. On est plus détendus, entre nous. Je parle plus avec ma mère, avec mes sœurs. Je ne suis pas obligée de faire attention à lui. Ah, tu peux ramasser le lange de France, là, sous la chaise ? Merci. Il faudrait que je le lave, elle le traîne partout depuis qu'elle l'a trouvé dans un coffre et que sa grand-mère lui a raconté que c'était pour les bébés d'autrefois."

Les aînés s'éclaboussent à grands coups de battements de pied et de citations guerrières.

“France ! Melchior ! Calmez-vous ! Ça va mal finir, encore une fois !”

Elle essuie la figure de sa dernière.

“Quand Sébastien n’est pas là, je ne suis pas obligée de l’occuper. Je peux traîner, lire, bricoler. Les vacances, quoi. Melchior ! Ça suffit ! Ne t’étonne pas après qu’oncle Paul ne veuille pas que tu te baignes à l’heure des grands.”

Le garçon ronchonne de dépit.

“Ton grand-père a établi des heures de piscine sans enfants, spécial vieux. Pour les plus jeunes, ça va, ils sont interdits de piscine pendant l’heure de la sieste. Mais pour Melchior, ce n’est pas très drôle. Je dois lui dire de rester dans sa chambre avec ses devoirs de vacances pendant que nous prenons le café ici. Enfin, c’est quand même bien, cette piscine, pour les familles.” Il est tôt, ses enfants s’accrochent à chacun des plis de son polo, elle songe probablement à se baigner, mais Astrid est d’une élégance maîtrisée. Ses cheveux s’accrochent à la courbe de son oreille, ses cils bien allongés se ferment sur un léger trait de vert. Sa main qui plisse son paréo confirme qu’il n’y a pas eu mésalliance, dans un scintillement aussi efficace qu’un bottin mondain. A demi allongée dans l’ombre, elle est séduisante de stabilité, avec une spontanéité comme ingénue. Elle a toujours été franche, directe et gaie, désarmante de certitudes. Appuyée sur la table en teck, ma serviette toujours sur l'épaule, je suis une fois de plus bercée par le conventionnalisme joyeux de notre conversation. Astrid irradie l'aplomb de ceux pour qui le monde extérieur n'est qu'une donnée, rarement adverse quoique parfois bien contrariante. Je sais, je sens, qu'elle est imprégnée de cette conscience si ancrée, tant transmise qu'elle en serait presque instinctive, des principes nécessaires au succès de sa famille. La perpétuation de notre espèce. Coûte que coûte, au-delà des contradictions, des entorses au raisonnement, et dans cet effort à être heureux ensemble que je connais. Melchior, France et cette minuscule Bérénice. Ils recevront une recette d'équilibre en héritage. Le minois de France dépasse à peine de la margelle. Elle porte une coupe au carré et une barrette fichée sur le côté pour retenir ses mèches en une vague souple sur son front. Image indémodable des petites filles en robe à smocks. Mais celle-là, bien qu'elle sera mère sans se poser de questions, travaillera. Astrid est juriste dans une banque. Un an et demi après avoir signé son contrat à durée indéterminée et un an après son mariage, ma tante a annoncé sa première grossesse. Une gestion de son temps de jeune épouse et de jeune professionnelle absolument sans impair. Elle a su ne montrer ni trop d'ambition ni trop de précipitation à sacrifier le bonheur de leur vie à deux. Il est encore tôt pour qu'elle s'interroge sur la nécessité de renoncer à son travail. La question pourra être décemment posée à compter de leur quatrième enfant. La carrière de Sébastien aura alors pris suffisamment d'ampleur pour combler la famille, et l'un des aînés aura peut-être montré des lacunes inquiétantes à l'école. Mais il n'est pas certain qu'elle quitte son emploi.

Je n'ai jamais déniché, chez nous, dans les bibliothèques courant le long des paliers, un *Deuxième Sexe* poussiéreux et corné. Ici, parce qu'elle n'a jamais été lue, Beauvoir est restée une sorte d'icône de la harpie féministe. Ma grand-mère et ses sœurs n'ont jamais travaillé. Ma grand-mère disserte volontiers d'histoire de l'art ou de mythologie. Mais elle ne veut plus vraiment se souvenir si elle a réussi son bac ou non, dans le tumulte de ses jeunes années. La féministe est pour elle une femme insatisfaite, agitée, mal fagotée ou libidineuse. Ma grand-mère a eu ses combats. Elle aime raconter comment elle a dû souvent négocier, pied à pied, pour que son petit chéri, mon grand-père, augmente le budget qu'il lui allouait pour tenir la maison. Et ses défaites. Sans l'entêtement de son mari, elle n'aurait pas autant déménagé ni été contrainte de reconstruire patiemment et si souvent, à la sortie de l'école ou de la paroisse, un tissu d'amies pour exister un peu. On lui a donné le droit de vote, ma grand-mère l'a pris. Cette classe de femmes, au savoir anecdotique et surprenant, a marché sur les Champs-Elysées contre les saturnales de Mai 68. Une fronde contre la révolution des mœurs de tous ces débraillés. Mais ces dames ont inscrit leurs filles à l'université. Brigitte et ma mère sont entrées à la fac, dans l'indifférence courtoise et attendrie de mon grand-père.

Première étape. Comme leurs mères, ces filles à marier se sont passionnées pour l'histoire, la géographie, la littérature. A la différence de leurs mères, elles sont diplômées, ont fumé, débattu dans les bistrots, fumé, porté des pantalons, fumé, profité de Nanterre pavoisée de rouge pour partir à la plage, pris leurs sacs, des copines ou leur mec pour visiter un bout du monde. Comme leurs mères, elles se sont instruites sans penser à un métier. Comme ma grand-mère, Brigitte et ma mère se sont mariées. Elles ont abandonné après leur deuxième enfant le métier qu'elles avaient adopté le temps de compléter le salaire de leurs maris débutants. Comme ma grand-mère peut-être, après

Nanterre, après la plage, après les bistrots et le bout du monde, elles ont découvert la solitude de la femme au foyer.

Deuxième étape. Comme ma mère, j'ai voulu étudier. A cause de ma mère, je veux travailler. Comme mon père, je serai avocate. Telle est la marche un peu hallucinée des femmes à demi émancipées.

Je me suis assise. Mes pieds posés sur la table, je joue à me balancer jusqu'à l'angle de perte d'équilibre. Astrid me peint son existence avec son entrain de scout. Sa sincérité est sympathique.

“Mon retour de congé maternité après la naissance de Melchior a été terrible. Je culpabilisais de le laisser toute la journée, et mon chef voulait que je rattrape en une semaine ce qu'ils avaient vécu en équipe pendant tous mes mois d'absence. Je me suis sérieusement demandé si nous avions besoin de deux salaires, si Melchior aurait une aussi belle enfance que la mienne. Maman était toujours à la sortie de l'école. En même temps, j'aimais bien l'idée qu'il connaisse aussi les vacances au ski et qu'on n'ait pas besoin de compter. J'ai dû m'accrocher. Refaire ma place et ne pas rougir parce que je partais à cinq heures et demie. Après, j'ai réalisé que je culpabilisais tellement, que je faisais tellement attention à être efficace, que je travaillais autant que mes collègues, sinon plus. Mis bout à bout, ma pause déjeuner d'une demi-heure ou mon sandwich avalé devant mon écran, le fait que je ne consulte pas mes mails persos, que je ne passe pas de coups de fil pour être productive, l'absence de pause clope ou de pause-café... eh bien, ça libère du temps. J'ai des vraies journées de huit heures. Je suis crevée mais c'est hypergratifiant. Là, pour Bérénice, je suis plus relaxée. La reprise de mon travail sera moins pénible. Mon chef a eu son premier enfant l'année dernière. Il a vécu le congé maternité de sa femme, son retour à la vie professionnelle, la valse des nounous. Il a même pris une journée pour maladie de son fils. Sébastien ? Si, il l'a déjà fait. Quand l'un des deux grands est refusé à l'école parce qu'il a de la fièvre, il pose des RTT en catastrophe et on se relaie pour le garder. Quoi ? Typique ! J'étais sûre que tu allais me demander si je suis contre la semaine de trente-cinq heures. Cela n'a vraiment rien à voir, tu comprends ?"

Une longue plainte s'élève de la piscine. Astrid se tourne, fataliste :

"Je vous avais dit que votre jeu allait mal finir. Vous avez les lèvres bleues de froid. Allez, ça suffit. Regarde tes doigts, Melchior ! Ils sont tout fripés ! Sortez de l'eau maintenant. Hop hop hop !

— Hé, il faut pas se balancer sur sa chaise, pas vrai, maman ?" La voix de l'aplomb.

Je ne saurai jamais en quoi la semaine de trente-cinq heures est dommageable. Je me lève et quitte la petite famille. Mon journal gondole au soleil, sur l'herbe.

HARICOTS

LA COUR est paisible. Ma grand-mère, assise devant une petite table en fer, a déjà son tablier. Ses mains douces à force de rides molles s'agitent au-dessus d'un large saladier en mauvais plastique. Son chapeau simili *Bamba*, sans doute abandonné ici par l'un d'entre nous au retour d'une soirée Couleur Brésil, se redresse.

"Alors, elle est bonne ?

— 24 degrés ! Je vais chercher un café et je reviens vous aider."

Les dalles du couloir sont fraîches sous mes pieds nus. J'enfile mon short qui traîne dans l'entrée. Je grignote une tartine. Des fourmis ont lancé une croisade vers la confiture. En serrant le couvercle et en rinçant le pot, je sabote leur raid.

Quand je rejoins ma grand-mère, sa sœur Cécile s'est installée en face d'elle. Elles parlent des disparitions inexpliquées de serviettes de bain. Je tire une chaise et attrape une poignée de gousses. J'aime bien le claquement sec du haricot que l'on équeute en deux mouvements sûrs. Cécile a l'air de très bonne humeur derrière ses lunettes de soleil en écaille. Elle entreprend aussitôt de me questionner.

"Il paraît que vous voulez déménager, avec Alexandre ? Vous cherchez un trois-pièces ?"

Ma grand-mère lève la tête, attentive. Tout le plaisir d'être serviable m'a quittée. J'ai du mal à réprimer mon agacement. Le piège est trop grossier.

"On va voir ce que l'on trouve. Les prix des loyers sont délirants à Paris."

Cécile, ma grand-tante, opine avec un demi-sourire, sans perdre de sa gaieté.

"Tu sais que Victor est arrivé cette nuit, en moto ?"

J'essaie d'être conciliante.

"Ah, c'était lui, le dérapage sur le chemin.

— Il dort encore. Il est épuisé. Il a passé quinze jours en Espagne avec des amis. Il remonte à Paris. La semaine prochaine, il s'envole pour Porto Rico. La vie n'est pas trop dure."

Ma grand-tante sourit. Son petit-fils est un coup de vent. Un Adonis dans notre gynécée. Il débarque après un coup de téléphone avec ses cheveux emmêlés de soleil, sa séduction nonchalante, ses projets insaisissables. Il sent la franche camaraderie, la courtoisie, les filles et les vacances. Victor s'attarde sur le compte en banque de ses parents. Mais sa jeunesse est irrésistible. Ici, longtemps après son départ, les conversations s'amusent de ses voyages, de sa mine défaite le samedi soir, de la Clémence, Juliette, Marie ou Adèle qui a appelé, lui a écrit ou est passée pour le voir. Les tantes, mères et cousines aiment ses succès avec les filles des autres. Elles aiment spéculer sur le caractère de celle qui arrivera à le retenir assez longtemps pour l'épouser. Ses apparitions sont pourtant comptées. Il dort, il bronze vaguement ou part faire un tour en bateau. Il débarque quand la cloche du déjeuner sonne et débouche les bouteilles. En trinquant avec lui, entre deux gauloiseries, les yeux dans le vague, les hommes font mine de se souvenir du temps où eux aussi... La force de Victor est sa jouissance communicative. Mais c'est tout. Dans une pirouette galante, il nous quittera avant d'avoir eu à conduire sa grand-mère à la gare, à débarrasser la table ou à nettoyer la maison à la fin des vacances. Personne ne semble douter que le jour où il commencera à travailler, lancé par ses amis, son enthousiasme, sa confiance, il réussira. A moins qu'il ne s'épuise dans une liberté coûteuse. Victor est la plus large concession que ma grand-mère, Cécile et leurs sœurs accordent aux hommes. Il est un sujet apprécié et inépuisable. Ma grand-mère n'entend pas s'en priver :

"Victor tient vraiment de son père.

— Non, je pense qu'il tient plutôt de moi."

Je regarde Cécile, surprise. Sa fierté est perceptible. Je ne lui connais pourtant pas de jeunesse oisive. Elle a toujours vécu avec gravité. Tout son être est empreint d'une certaine raideur qui n'est pas dépourvue d'élégance. Mais peut-être veut-elle confusément faire référence à sa violence contenue. Cécile était la seule à tenir tête à son père, Félix. Tenir tête, ça voulait dire ne pas pleurer, ne pas courir s'enfermer dans la salle de bains pendant ses colères et le regarder droit dans les yeux. Elle l'a payé à coups de ceinture. Sa mère et ses sœurs lui donnaient des bains froids pour apaiser ses brûlures. Ces histoires reviennent à chaque repas de famille. Et elles en rient toutes ensemble. Cécile, dans son bain glacé qui crie de douleur avec éventuellement une autre de ses sœurs qui n'a pas couru assez vite. Ce qui me paraît le plus étrange, c'est qu'elles ne se sont jamais considérées comme des enfants battues. Elles ne se sont jamais déclarées telles. Comme si cette expression, qui sent les corons, salirait la famille. Elles parlent sans cesse de ces raclées mais tiennent à nous expliquer : “Papa était dur, il était sévère, sans doute un peu fou, mais c’était comme ça, l’autorité, à l’époque.” Si, un jour, ma grand-tante Cécile était traduite en cour d’assises, soupçonnée d’un quelconque crime, elle ne penserait même pas à servir aux jurés le coup de l’enfance malheureuse. Elle ne donnerait à juger aux magistrats que cette femme droite, pétrie de rigidité, qu’elle tient à incarner, coûte que coûte. A vingt et un ans, Cécile a décidé d’épouser un sergent d’infanterie. Son père, Félix, a dégainé sa ceinture. Mésalliance absurde et salissante pour un nom qui a sauvé l’honneur de la France. Cécile a pris son bain froid, la robe de mariée que ma grand-mère lui avait cousue et un bateau pour l’Indochine où Philippe, son sergent, opérait. Elle s’est mariée à Hanoï. Elle n’a revu son père et la maison de famille que lorsque son mari, à force de guerres d’indépendance, a été décoré et promu lieutenant. Philippe est mort colonel, probablement de séquelles des essais nucléaires conduits par l’Etat français à Reggane, en Algérie. Pendant sa longue maladie, Cécile l’a soigné avec dignité et une tendresse que personne ne lui connaissait. Veuve à soixante-cinq ans, elle est restée seule. Trois de ses quatre enfants sont éparpillés sur le globe pour défendre les intérêts de la France, d'une compagnie pétrolière et de l'industrie pharmaceutique. Quand ils reviennent sur les terres de leur enfance, ils tiennent leur conciliabule de Français de l'étranger. Et nous racontent la France vue de loin. Grâce à eux, la maison compte quelques touches exotiques : un masque congolais dans les toilettes, des couverts à salade du Tchad, un service à thé de Chine, des kimonos sur les crochets de la porte de la salle de bains, des pulls norvégiens pour les hivers froids. Sa fille Hélène n'a quant à elle jamais quitté Paris. Mais nous la voyons peu. Elle préfère passer ses vacances en vert Barbour, dans la famille de son mari, entre trompes de chasse et meutes de chiens. Ma grand-tante Cécile a la chance inestimable d'avoir encore dans sa vieillesse un chevalier servant : son cavalier du temps des bals d'Alger. Elle l'a retrouvé au hasard d'un pèlerinage. Depuis, il noie la mort de sa femme dans les tasses de thé qu'il partage avec elle. Les sœurs, sous leurs sourires, brûlent pour cette romance à l'eau de jasmin.

Tous les haricots sont équeutés. Il y en a au moins pour vingt personnes. Elles ont convenu de les servir en salade, avec des cœurs de palmier. J'ai un peu raconté mon travail et ainsi appris que l'un de mes patrons était le beau-frère du gendre d'une vieille amie de Cécile.

PROPOSITION

J'ÉCARQUILLE mollement mes orteils dans la blancheur de la cour, sous l'asile élégant de mon chapeau de paille. Après le déjeuner, nous avons tiré notre petite table en plastique et nos transats sous les marronniers pour être tous les trois, mes grands-parents et moi. Nous nous prélassons de concert. Ici, je ne déjeune pas, je dévore. Je me gave. Je mange, je mange dans l'approbation bruyante de ma grand-mère, sous la censure de ma mère, sous le constat silencieux de mes tantes, de mes cousines, dans l'indifférence des hommes. Comme si, dans cette assemblée toute de retenue et de non-dits, j'ingérais de la chair et des sens.

La fumée de mon mug de café s'embrouille dans la chaleur qui vacille. Le muret, au bout du parc, et la vallée bouillonnent dans le soleil. Les petites heures du matin sont celles d'une merveilleuse solitude. Le café de l'après-midi, la tisane du soir sont le temps des confidences nostalgiques et mesurées. L'intimité est liquide. Cette alchimie n'opère que lorsque la génération lien est absente et que nous sommes peu nombreux de la même lignée, comme cette semaine.

Les yeux de mon grand-père dépassent de son journal. Il pose ses lunettes dans un bruit de papier froissé.

"Ce matin, je suis allé voir Rosana. Je l'ai invitée à se baigner dans la piscine quand nous n'y sommes pas." Je le regarde, il dodeline de la tête dans ce hochement qui m'est désormais familier, l'air épanoui.

Je l'imagine parfaitement. Penché, les mains croisées dans son dos, amidonné dans sa veste à carreaux, sa chemise claire impeccable et sa cravate. A jamais paré des attributs du col blanc. Il remonte l'allée de buis, côté ombre, préoccupé, franchit le portail pour se planter devant la terrasse des gardiens. Rosana n'y est pas. Il se décide à vérifier dans la cuisine de la partie ancienne, chez Solange. Gagné ! Rosana lave les plats, ses mains rougies de mousse. La pièce sent le rôti et le cuivre astiqué des casseroles piquées au mur. Ma tante Hélène juge incontournable la collection de cuivres dans la cuisine d'une maison de campagne. Elle en a donc acheté une batterie respectable dans un magasin d'ustensiles chinois, à New York. Mon grand-père passe la porte entrouverte. La pénombre drape la crasse. Rosana se retourne :

"Tiens, vous avez bonne mine. Ça fait plaisir. Nager vous réussit. António passera aux bordures des pelouses demain et..."

Pour lui parler, il faut l'interrompre les rares fois où elle semble manquer d'air.

"Rosana, je voulais vous dire que bien sûr vous pouvez profiter de la piscine. Quand elle est libre."

Le plat de fer cogne la faïence. Elle donne un grand coup d'eau.

"Ah, ça, c'est pas de refus. La rivière, avec sa vase qui glisse à se casser le cou et les puces de canard, ça devient impossible. Bon, Julien, il y aura rien à faire. Son plaisir c'est d'aller à la gravière avec les copains sur son scooter, astiqué qu'on le dirait de Noël, pour retrouver les filles."

Le torchon couine sur la soupière.

"António, il aime pas l'eau. Un vrai chat, je vous dis. Pas moyen de le tremper quelque part plus loin que les genoux. Alors, vu qu'il est pas grand !"

Son rire roule.

"Mais moi, c'est pas de refus. Quand il fait chaud comme maintenant j'ai les jambes lourdes qu'il faut que je les mette dans l'eau fraîche. Ma mère m'a donné ses varices. Jeune, j'étais un vrai poisson. Et puis ici, c'est une maison de femmes, il n'y a pas de gêne à se mettre en maillot."

Un vrai poisson, une maison de femmes, Rosana en maillot, voilà de quoi susciter l'hilarité des sœurs.

Le téléphone sonne de son long timbre strident. Mon grand-père s'anime :

"Ne vous dérangez pas, je vais répondre." Et il sort dans la cour, ébloui par sa lumière.

Un geste de ma grand-mère, qui s'étire comme un chat, dissipe ma reconstitution de la scène. Ses boucles avachies, les yeux masqués par ses lunettes de soleil, la tête abandonnée sur la toile bleue de son transat, elle acquiesce :

"C'est gentil, mon chéri. Il fait si chaud."

CONNAISSANCE DU MONDE

LA JOURNÉE s'étire, moite. Nos pas sur le sentier chassent couleuvres et lézards qui fuient dans un bruissement de fougères. Les vaches sont allées trouver l'ombre.

Brigitte, la sœur de ma mère, a invité la maisonnée, nos cousins à la parenté fantaisiste et les amis de tous les étés à déjeuner chez elle, dans le village voisin. Nous avons applaudi, heureux de changer de décor. Brigitte a distendu le cordon ombilical. Elle a préféré exiler ses vacances juste à côté, mais chez elle. Elle louvoie entre les deux maisons et se réfugie à deux kilomètres quand elle se révolte. Mon grand-père a accepté cette indépendance mesurée : il l'a aidée à acheter. Sa fille a conquis son autonomie mais non l'indépendance. Croyez-moi, notre métropole sait être envahissante.

Aujourd'hui, Brigitte a dressé des tréteaux, lancé des nappes blanches et parfumé sa cour de l'odeur du barbecue. Affectée à la cuisson des saucisses, j'ai regardé la compagnie se congratuler, gagnée par leur bonne humeur. Les chaises dépareillées en quinconce, les saladiers gorgés de couleurs, les carafes assiégées ont dressé, pour ma plus grande satisfaction, le tableau d'une partie de campagne. Hâlés, détendus, affables, nous avons pu parler boulot, dans un cadre différent. Nous avons redécouvert le métier de chacun avec les mêmes questions que lors des vacances précédentes. Cette année, crise oblige, la vedette est revenue aux banquiers et aux considérations économiques. Mais sans la déférence d'antan. Ils ont été sommés de se justifier avec une curiosité ironique. L'été dernier, nous avions unanimement célébré l'exotisme de notre officier rentré de Côte d'Ivoire et ses histoires de coupeurs de route.

Quand l'ombre a rafraîchi la cour et que les plus vieux ont commencé leur joute généalogique, j'ai annoncé mon retour vers la maison à pied, par le chemin des coteaux. Victor, mon cousin, debout derrière moi, ses deux bras sur le dossier de ma chaise, m'a offert à travers ses longues mèches de me raccompagner en moto. Ma grand-mère et mes voisines de table ont rougi de plaisir pour moi. J'ai tenu à marcher. Après maints palabres et faux départs, deux de mes grands-tantes et un de leurs beaux-frères se sont finalement joints à moi, ravis de notre hardiesse à défier la chaleur. Nous voilà à flanc de colline, au-dessus des vignes et de la vallée. Solange me nomme les plantes que nous piétinons. Derrière, sa sœur Cécile résume à Jacques la dernière Journée des Vieilles Maisons de France. Le souffle de Jacques s'épuise en commentaires. Nous nous retournons parfois pour rire avec eux. Cette promenade a l'ambiguïté de la famille, elle est douce et lassante. Je suis née d'eux, déclarée libre, pas vraiment égale, pétrie de droits et de devoirs implicites. Une couleuvre moins leste que les autres nous arrache des cris d'effroi. Le beau-frère, trop heureux de cette pause, hausse les épaules. Enfin, nos vieux murs surgissent, annoncés par les pierres de taille qui jonchent le chemin.

Victor est déjà devant la grille. Il ausculte, agenouillé, le moteur de sa moto, son casque posé au bord du chemin, et disserte gravement avec Julien, le fils du gardien. Mon grand-oncle Jacques les rejoint et se penche à son tour pour discuter mécanique. A son approche, Julien prend congé. Solange hâte le pas pour passer son maillot. Je traîne avec Cécile pour regarder le soleil pâlir sur la rivière et le village. Lancées dans une discussion sur l'Egypte façon Connaissance du Monde, nous nous penchons au bout du parc, nos coudes sur le muret. En contrebas se dresse l'ancien potager, qui recèle désormais la piscine. Rosana gît, alanguie de soleil.

Son corps lourd d'abandon est écrasé sur sa serviette. Avec ses yeux fermés, son maillot mauve et sa chair pleine, elle est offerte, madone ouvrière enivrée d'oisiveté. Belle et grotesque. A son flanc, l'eau bleue clapote, impassible. Nous ne parlons plus. Soudain, l'acrylique se tend, les plis se froissent, Rosana s'assied, plonge ses jambes dans l'eau et soupire d'aise. Même son souffle est rocailleux. Elle lève les yeux vers nous. Je tressaille de gêne. J'agite ma main avec mon sourire le plus avenant. Mais ce n'est pas moi qu'elle regarde. Elle regarde Cécile, droite et digne, dressée sur les remparts.

JOUR DE GRÂCE

JE N'AI compris l'enjeu de cette confrontation muette que trois jours plus tard, le 15 août. Les étés sans mariage, l'Assomption est le pic de fréquentation de la maison. Beaucoup concèdent ce pont à leurs parents. La courte durée de leur séjour les confine dans un état d'indulgence bienveillante. Ils sont en pèlerinage dans leur enfance. Les voitures s'alignent. Il y a les inconditionnels, ceux que l'on n'attendait pas, les éternels absents quasiment oubliés, les enfants prodigues harassés de “Ça fait longtemps que l'on ne t'a pas vu ici !” ou, plus difficile : “Qu'est-ce que tu racontes ?” Les repas reprennent leur souffle. La messe est le parfait prétexte pour aiguiser sa faim. Je les accompagne à l'office puisqu'ils ne l'exigent plus. Mon grand-père m'a l'air plus convaincu depuis qu'il a quatre-vingts ans. Désormais, il chante. Rosana bavarde, quelques rangs derrière. Son fils, Julien, a la tête enfouie dans la capuche de son sweat marron extra-large. António ne vient jamais. L'église de campagne bourdonne d'enfants et résonne de la course des plus hardis dans les travées. La quête se prolonge, la monnaie tinte. Le denier récolté par l'Eglise doit tripler ce jour-là. La communion est un vrai tour de piste. Les curés défilent dans la vallée, ils ne tiennent pas longtemps. Les paroisses sont vides, les presbytères ajourés, et la chorale ne s'améliore jamais. Tous sont très seuls. Un jeune prêtre de l'Est est parti avec la caisse. Les fidèles murmurent qu'il se serait offert une voiture, ironie terrible, décapotable. Un autre était nostalgique du rite tridentin, de rigueur avant le concile Vatican II. Timide d'abord, puis opiniâtre, il a exhumé les trésors de ses sacristies. Il s'est paré de chasubles d'or et de broderies, il a refusé les filles pour servir la messe et a drapé de rouge et de dentelles ses enfants de chœur. Pour qui se piquait de douter, ses colères clamées du haut de la chaire avaient les accents délicieusement surannés d'un père Paneloux. La rumeur séculaire des prières en latin dans les vapeurs de l'encens s'accrochait aux festons passés. Le dos du prêtre dressé face à l'assemblée me racontait l'Eglise triomphante de nos grands-parents, de Mac Mahon, de Chateaubriand. Jamais je n'ai saisi aussi clairement la nature magique de la messe, scandée depuis si longtemps pour conjurer l'inconnu. La liturgie, traduite en français, a perdu de son mystère incantatoire. Je n'ai pas eu peur ; j'ai cru que ce curé était anachronique. Puis Ratzinger a été élu.

Ma grand-mère et ses sœurs ont coordonné leurs efforts pour nous offrir un déjeuner de fête. Les tables mal assorties s'alignent sous les marronniers lessivés d'eau. L'orage violent de la veille a ravivé la couleur des pelouses. Les chaises s'affaissent dans la terre molle qui perce entre les graviers. Les plus jeunes quittent la table pour nourrir les poissons. Au loin, António, debout sur sa bêche, redessine les bordures du gazon. Aujourd'hui ? A cette heure-ci ?

Finalement, notre commerce familial est culinaire. Mes vacances sont une succession de repas et de maximes proférées par les uns ou les autres, un plat de viande en sauce à la main. Les nouveaux entrants dans la famille subissent un véritable baptême du feu. Ils sont assommés par la valse des prénoms, tétanisés de ne pas savoir qui est qui.

Claude, un de mes grands-oncles, raconte à ceux qui viennent d'arriver la désormais incontournable épopée de Paul, mon grand-père, qui s'est décidé cet été à nager, trente ans après son dernier bain dans la rivière. Je plaisante avec eux, je me sens d'excellente humeur. Mon grand-père, ravi, considère le sujet d'un air grave. Cécile, l'aînée des grands-tantes, se lève un peu brusquement pour servir un rôti froid. Sa chaise bascule. Elle nous interrompt dans le récit de cette histoire aux effets bien réglés :

"Tu vas pouvoir faire profiter António de ton expérience, Paul. Rosana raconte qu'il a peur de l'eau."

Jacques s'esclaffe d'une voix caverneuse, avec de grands moulinets de couteau :

"Paul, nous te faisons ci-devant maître nageur !"

La confrérie des beaux-frères est lancée. Claude se marre :

"Un maître nageur qui n'entre dans l'eau qu'orteil après orteil !"

Ma grand-mère proteste, la bouche pleine :

"Pourquoi pas ? Paul était dans la section natation à l'X."

Jacques acquiesce, magnanime :

"De toute façon, j'imagine mal António accepter de se baigner dans notre piscine."

Cécile pose son plateau à côté de ma grand-mère et le dévisage :

"Je ne vois pas ce qui l'arrêterait. Rosana se baigne bien, elle."

Hélène, parisienne, parfaite dans sa robe chemise façon safari, lève sa fourchette :

“C’est vrai, maman ?”

Victor intervient :

“Moi, j’espère que c’est vrai. Il faut savoir goûter à Rubens.”

Les hommes gloussent.

“C’est sûr que toutes voiles dehors Rosana ne risque pas de démâter...

— Ni d’être matée !

— Sortez, Rosana, vous êtes le maillot faible !”

J’échange un regard hilare avec Brigitte. Combien d’entre nous ricanons sous cape que la nudité de cette bande de vieux, exposée depuis la construction de la piscine, n’offre pas un spectacle plus réjouissant ? Hélène se décide à sourire elle aussi. L’heure est à la légèreté.

Mon grand-père est confiant :

“C’est moi qui ai proposé à Rosana de profiter de la piscine quand nous sommes absents. Il fait si chaud.

— Quel bon prince !”

Les rires fusent de bon cœur.

Mais ma grand-tante Solange ne rit pas :

“Je comprends maintenant mieux pourquoi Rosana n’a pas fait la chambre de Grégoire et Stéphanie qui arrivent ce soir.”

Sa réplique grince. Son ton est sec et tendu.

Toutes les conversations s'évanouissent. Le silence a gagné la table. Il se passe quelque chose. Evidemment, nous nous interdisons de penser : "Enfin !" Elisabeth, sœur cadette de ma grand-mère, saisit l'occasion au vol :

"Tu aurais pu nous consulter avant, Paul."

Chacun scrute son assiette. Personne ne se regarde. Voilà donc à quoi a été occupée la soirée d'orage, entre bridge et tisanes. Victor se lève pour fumer une cigarette. Elisabeth se ressaisit et s'empare d'un plat :

"Qui veut des champignons ?"

Mon grand-père caresse son crâne :

"Jeanne et Pierre étaient d'accord quand je leur ai demandé leur avis."

Interpellée, Jeanne, la benjamine des grands-tantes, abandonne son rôti :

"Je pensais que Rosana aurait la décence de refuser. Elle n'est pas raisonnable."

Jeanne tord sa serviette. Un repas de famille de cette ampleur sans les petits drames vécus par chacun en public manquerait aux canons du concept. Elle cherche le regard de son beau-frère Pierre :

"J'imagine que c'est pareil pour toi, Pierre ?"

Pierre, le mari de Solange, gobe un quignon de pain et acquiesce avec des yeux ronds. Jeanne retourne à sa viande. Cécile se sent confortée. Dans un cliquetis de bracelets, elle ajuste sur ses épaules l'étole qui protège du soleil sa nuque piquée de volutes grises. Les paupières baissées, avec une réticence distante, elle nous explique :

"Il n'est pas très convenable que Rosana se baigne dans notre piscine. A Montvieil, personne ne le comprendrait."

Et elle consent à s'appuyer sur le dossier de sa chaise.

Elisabeth s'étouffe avec sa bouchée de pleurotes :

"C'est sûr que Rosana a la langue bien pendue !

— C'est effectivement désagréable d'être la risée de tous quand on a simplement été décent."

Voilà du grand Brigitte. Toute son ironie libellée dans un grand sourire chaleureux. Les bouches se plissent, en coin. Mon grand-père a fixé son attention sur les enfants, au bord du bassin. Brigitte court en relever un qui est tombé. Heureusement, Astrid tient à nous donner son opinion de mère attentive. Elle nous parle sur le ton de jeune louve qu'elle prend pour débattre des sujets de société :

"Je n'aime pas du tout cette idée. C'est dangereux... C'est-à-dire, nous risquons d'être dépassés."

Sa fourchette cogne le bord de son assiette. Elle rassemble d'un petit geste scrupuleux des miettes de pain :

"Que va-t-il se passer si tout le monde décide d'inviter à la piscine Julien, son plombier, sa femme de ménage ou M. Tissot ?"

Aïe. Elle a frappé un grand coup. M. Tissot, c'est le quincaillier. Il traîne ses jours et son alcool sur les bancs de la place de la mairie. Les rumeurs les plus nauséabondes courent sur son compte. Son banc préféré est celui qui fait face à la cour de récréation de l'école du village. Elle reprend, en hissant sa petite France sur ses genoux :

"Je ne veux pas que mes enfants que j'envoie se baigner tout seuls risquent de tomber sur n'importe qui."

Grand silence.

"De toute façon, tu peux les surveiller de la fenêtre."

Tiens, Thérèse a l'air de craquer. Mais sachez que pour Astrid, le verbe pouvoir est ici un euphémisme. Jamais elle ne laissera ses enfants seuls, loin de son omniscience.

Je regarde notre table. Cécile, Solange, Jeanne, Elisabeth. Le compte est bon, les sœurs ont jugé. Fin de la partie. Thérèse n'a pas voix au chapitre. C'est la belle-sœur, et son mari est mort depuis longtemps.

Ceux qui craignent son indépendance disent qu'elle est un peu sotte.

Ma grand-mère s'est levée et contourne la table pour rejoindre mon grand-père. Elle pose sa main sur son épaule :

"Tu parleras à Rosana, chéri ?

— Bien sûr, oui... C'est entendu.

— Vous... Mais... C'est quand même difficile de demander à Rosana d'entretenir la piscine et de repêcher les feuilles sans qu'elle puisse en profiter, non ?"

Ça, c'est moi. Et je sonne faux dans ce repas familial. Je ne voulais pas être si péremptoire. Je voulais leur cacher mon agressivité. Je voulais sourire, être légère, ne pas rougir.

Mon grand-oncle Pierre, le plus vieux de nous tous, me regarde. Toutes ses rides me sourient. Son ton a la fermeté calme de la certitude :

"Ce n'est pas si simple. Tu vois, c'est une situation délicate à gérer. Imagine qu'un jour, on rentre plus tôt et qu'on décide de se baigner, mais que Rosana nage déjà. Ce sera désagréable pour tout le monde d'arriver au bord de la piscine et de devoir attendre qu'elle se rhabille. Surtout pour elle, d'ailleurs."

Il boit une gorgée et conclut :

"Alors, ne créons pas de tensions inutiles."

Sans laisser passer une seconde, ma grand-mère me demande :

“Mathilde, va chercher le fromage, ma jambe me fait mal. Il est dans le grand Tupperware, tu vois ?”

Bien sûr que je vois.

Jacques, conciliant, entonne :

“Qui veut du vin ?” Je me lève. Victor, qui vient de se rasseoir, tend son verre. Il chante avec une gaieté consommée les jambes déposées par le bourgogne sur le bord de son verre. Les enfants ne jouent plus autour du bassin, ils se sont rapprochés de la table pour ne rien perdre de la conversation. António ne bêche plus. Il a dû rentrer déjeuner.

La cuisine est sombre. C’est là que nous déjeunions en bande, petits, pour ne pas déranger les parents. J’ai ensuite été admise à la table des adultes, un peu après ma grande sœur. Partager leur repas ne voulait pas dire avoir le droit de s’exprimer. Je ne pense pas à Rosana. Je dispose le fromage sur des assiettes dans un brouillard sournois de frustration, de rancune et de honte. J’enrage d’avoir été éconduite comme une adolescente et surtout, au fond, d’avoir eu cette réaction imbécile. Je n’ai pas envie de les rejoindre. Pourtant, je sais déjà que lorsque je reviendrai à table, tous m’observeront mais donneront le change. Le téléphone hurle.

Ah ! Cinq minutes de gagnées. Je passe la tête par la fenêtre :

"J'y vais !" C'est une erreur. Je m'assois encore un peu, le temps de me recomposer un visage. Une joie mauvaise me contamine. Je n'ai pas encore tout à fait perdu.

Ma grand-mère coupe son fromage :

"Qui appelait ?

— Alexandre. Son université d'été se termine plus tôt que prévu. Il rentre de Cargèse demain. Je pense que je vais prendre le premier train de l'après-midi pour le rejoindre à Paris."

Je n'ai pas un goût immodéré pour les retraites en solitaire. Des amis ont organisé un week-end. Autant les rejoindre. Ma grand-mère me tapote l'épaule :

"Tu as raison, ma chérie, d'être là quand ton mari rentre." Je m'assois à ma place, soudain très fatiguée. Mon grand-père me regarde. Astrid me colle sa petite dernière sur les genoux.

HABEAS CORPUS

J'AI CHOISI l'option policier et laissé couler l'après-midi dans mon hamac, au fond du parc. Ils ont respecté mon isolement, attendant de me voir revenir à eux. Quand la chaleur s'est estompée et que j'ai pu espérer les petits épuisés, j'ai poussé la porte de l'ancien potager.

"Ah ! Voilà la nièce dont je te parlais. Mathilde ! Viens par là que je te présente une amie. C'est Laure, nous étions ensemble aux Guides. Sa fille, Brune, entre en fac de droit, en septembre. Elle vient de passer son bac. Elle a plein de questions à te poser sur le métier d'avocat.

— Brune, ma chérie, on te parle !"

Brune s'extrait lestement de sa chaise longue et me tend une joue mate, absente. Nous échangeons deux ou trois mots et elle plonge dans son magazine. Sur les pages, des potins, des stars sans maquillage, de la cellulite, une floraison de maillots, des corps indécents de jeunesse. Autour de moi, la même chose. Ils sont tous là, à tenir salon. Une théière fume encore. Une glacière goutte. Des couples d'amis se sont joints à nous, toutes générations confondues. La piscine ondule sous l'effet des mouvements désordonnés des baigneurs. Les bruits d'eau ponctuent les rires, les cris des enfants qui jouent noient les conversations, les parasols sont pris d'assaut. Il y a ceux qui lisent ou bronzent, étales, éperdus de la justesse de leur ventre ou de leurs fesses sous l'appréciation de tous ; il y a ceux qui nouent et dénouent avec un soin nonchalant un paréo ou gardent leur polo, dans l'indifférence appuyée de tous ; il y a ceux qui s'en moquent, au grand dam de tous. Je me déshabille à mon tour et me livre à leurs regards. Assise sur ma serviette dans un coin d'herbe non éclaboussé, je m'applique longuement de la crème solaire d'un air détaché.

La mère de Brune n'entend pas nous laisser nous en tirer à si bon compte. Quand ma tante Astrid s'interrompt un instant pour gonfler le brassard de sa fille, elle se penche vers moi :

“Brune est mon aînée. Je suis un peu inquiète qu'elle ne trouve pas les bonnes méthodes de travail à la fac. C'est absurde, on les balance, comme ça, dans la vie étudiante, sans conseil et sans encadrement. Et après, il leur faut affronter les partiels. Moi, j'en garde un tel souvenir ! Y a-t-il un manuel que tu recommandes ?"

J'essaie mollement de la rassurer. Son chapeau me cache le soleil. Sa fille a levé le nez. Mais c'est Victor, arrimé à une bouée et en pleine bataille navale avec un oncle pour la domination du bestiaire gonflable de la piscine, qu'elle regarde. Les mères ont regroupé les petits près de l'échelle, à l'abri de la geste guerrière. Elles ne sont pas agacées. Elles rient des intimidations que les deux hommes échangent et de leurs chutes. Ils sont si bon enfant et si bêtement virils. Ma grand-tante Cécile profite de la distraction de Brune pour feuilleter l'un de ses magazines d'un air rebuté. Je suis sûre qu'elle a directement sélectionné le traditionnel article consacré à la gestion des ébats amoureux de ces demoiselles. Si elle a entrepris le test sur son profil de libido, je ne vois pas comment elle va pouvoir comptabiliser discrètement ses points. Brune, alertée, lui jette des regards préoccupés. Victor est sorti de la piscine d'un grand coup de reins et me réclame ma serviette. Il dégouline d'eau et d'énergie sur les journaux épars. En se drapant, il lance à Brune :

"Gonflants, non, les après-midi chez les amis des parents ?"

Elle lui consent, divine, un demi-sourire. Je me lève et, d'un plongeon, fonds dans la piscine. Quand j'émerge, on m'invective :

"Mais quel exemple veux-tu donner aux petits ? Fais attention ! On passe notre temps à leur demander de ne pas entrer trop brusquement dans l'eau. C'est dangereux !"

Accoudée sur le bord de la piscine, la tête sur le menton et les yeux mi-clos, j'observe, comme tout le monde, Brune et Victor bavarder. Brune arbore le chignon désordonné des filles de la ligne six du métro parisien. Quelques mèches savamment libérées taquinent sa frimousse. Sa silhouette fine est parfaitement dorée, son maillot joue avec succès sur le contraste. Ses ongles ont la teinte rouge profond à la mode. Son sac est accordé à son paréo. Sa serviette est impeccable. Elle m'angoisse. Je m'immerge lentement jusqu'à toucher le fond. J'ai peur de ces femmes qui ont toujours une allure irréprochable.

Ma grand-mère surgit avec deux grands gâteaux au chocolat qu'elle pose sur la table. Tous les enfants l'entourent en nuée et réclament leur assiette dans une cacophonie joyeuse. Ma grand-mère, très concentrée, s'applique à leur distribuer des parts égales. L'un des parents veille.

"Hep, hep, hep ! Ne partez pas comme ça ! Qu'est-ce qu'on dit à votre grand-tante ?"

Et d'un chœur d'une innocence consommée :

“Merci !”

La sœur de Brune, moins gracieuse, a abandonné son téléphone portable et sa frénésie de messages pour accepter une assiette. Sa mère l'intercepte :

“Ma chérie, tu n'es pas raisonnable ! Tu as déjà avalé un paquet de gâteaux.”

Sa fille la fusille du regard et engouffre la première bouchée. Voilà de quoi faire sortir ma tante Hélène, longiligne, de sa torpeur derrière ses lunettes noires.

“Attends, ne complexe pas ta fille ! On a besoin de manger à son âge ! Et puis, elle n'a pas fini de grandir : regarde sa grande sœur.”

Tiens, je ne savais pas qu'elles se connaissaient aussi bien toutes les deux.

Ma grand-mère se tourne vers elle :

“Tu veux une part, Hélène ?

— Non merci, c'est gentil, tante Maddy.”

Je sors de la piscine et n'ai plus de serviette. Victor la balade sur son épaule. Je m'allonge pour sécher au soleil. Aujourd'hui, un corps ciselé et doré à loisir est un pedigree. La condition physique n'est plus la seule chance de salaire, la garantie d'un gagne-pain, l'assurance-vie du travailleur. L'aisance n'a plus pour marque la langueur et les chairs abandonnées. Le poids est la nouvelle unité de mesure sociale. Et la piscine, ici, est la griffe de ce luxe. Quelle ironie, elle est si moche.

Ma grand-mère a rapproché sa chaise de la petite sœur de Brune qui bronze sur le ventre, le visage enfoui dans ses bras croisés.

"Tu sais, moi, même à mon âge, si j'écoutais mes filles, il faudrait que je m'habille comme si je portais le deuil de ma jeunesse."

Je ris avec les autres. Elle n'a pas tort. Ma grand-mère a joui du Maroc et de l'Algérie de toute sa jeunesse. Son père a été nommé là-bas, après la guerre. Ses vingt ans ont la couleur de Tipasa. Elle a compris l'indépendance. C'est tout. Elle garde aujourd'hui de ces années un goût pour la peinture moderne et les teintes vives. Ses tenues sont explosives de couleurs chatoyantes et bigarrées. Elle ne passe jamais inaperçue. Pour les mariages de ses petits-enfants, ses filles l'ont rappelée à la discrétion. Ma grand-mère est rentrée dans le rang et s'est sagement parée de bleu marine. C'était un peu triste de la voir nous écouter.

La sœur de Brune a l'air rassérénée. Elle pianote de nouveau sur son téléphone. En bas, les cloches de l'église du village sonnent les vêpres. Mon grand-père entre, affairé. Il s'assoit un temps, grignote une miette, discute un peu. Je vois bien qu'il veut me demander quelque chose. Enfin, il se décide à interrompre ma léthargie :

"Tu viens, Mathilde ? Je voudrais te montrer la vieille conduite qui mène à la source, dans le verger de ta mère."

Il est déjà debout. Je m'étire puis me lève. Je ramasse mon tee-shirt et mon short et commence à le suivre.

Claude, un des grands-oncles, m'interpelle :

"Attends, Mathilde, n'y va pas comme ça ! C'est pas sûr que l'infâme Corbel et les gars de là-haut connaissent *Manon des Sources* !"

Il paraît tellement content de sa plaisanterie que je ris avec lui.

ENTRE CHIEN ET LOUP

JE LACE mes chaussures de randonnée sur le pas de la porte de la cuisine, côté chemin. Je crains l'herbe mouillée des champs. Mon grand-père m'attend. Derrière, António coupe la haie. Je ne sais pas pourquoi il s'acharne à travailler un 15 Août. J'ai promis depuis plusieurs jours à mon grand-père de l'accompagner dans le verger dit de ma mère, en haut du coteau. Autrefois, une source alimentait le bassin de la cour par une conduite qui affleurait dans une sorte de niche en béton, en face de la cuisine. L'eau ne circule plus depuis quelques années. Mon grand-père voudrait comprendre où les canalisations se sont effondrées. La source pourrait alimenter la piscine. C'est sans doute son chantier de l'année prochaine. J'aime bien son idée. La niche humide abrite des fougères surréalistes, d'un vert tendre, et une salamandre.

Les pas de Rosana traînent sur le gravier. Son pantalon de toile se plante à hauteur de mes yeux.

"Monsieur Merval !"

Elle a détaché chaque syllabe. Je lève la tête, étonnée de tant de solennité. Mon grand-père s'approche.

"J'ai à vous parler sérieusement, monsieur Merval."

Deuxième "monsieur". Ça ne va pas. Je pense à partir mais reste assise. Les cisailles d'António cliquettent. Les bruits métalliques semblent rythmer la respiration de Rosana.

"J'ai décidé de ne plus me baigner dans votre piscine. Dites-le à tout le monde. Je tiens à la paix sociale, moi, je ne cherche pas le drame. Et je ne veux pas que vos dames risquent d'attraper mes problèmes de peau.

— Je..."

Rosana ne veut pas discuter.

"Demain, je pars voir ma sœur. Nous serons absents toute la journée. Dites-leur aussi. Ah oui, et puis quand vous êtes pas là, il faut la bâcher, votre piscine. Même pour un jour. J'en ai assez de courir partout pour m'inquiéter en plus de votre taux de chlore ou je ne sais de quoi vous m'avez parlé. Je ne lèverai pas le doigt, monsieur Merval. Et mon mari non plus. Il ne se plaint pas mais il a mal au dos. Eh oui, il n'a plus vingt ans. On n'a pas la vie de bureau. Je le vois bien moi à comment il marche..."

Rosana s'est arrêtée : António a fait vrombir la tronçonneuse. Mon grand-père lance à son dos tourné :

"Très bien. C'est entendu, Rosana." Elle est déjà loin.

Nous montons le sentier en silence. En bas, António appelle son fils. Julien nous croise d'un pas vif sans répondre à nos saluts. Qu'importe, sous ses airs revêches, il est resté gentil garçon. Il accompagne encore sa mère à la messe et court presque quand son père l'appelle. Au fur et à mesure que la maison s'éloigne et que le bruit de la tronçonneuse s'étouffe, je me sens moins tendue. Le soir n'est pas encore tombé mais il se prépare. Mon grand-père est pensif. Peut-être dissèque-t-il la colère de Rosana. Il doit être aux yeux de la gardienne le plus haïssable dans cette histoire. Il a fait preuve d'une sorte de compassion envers elle. Il lui a accordé un droit qu'elle n'avait pas demandé. Mais il n'a pas défendu son initiative quand les siens se sont insurgés. Finalement, c'est lui qui, par sa bonne volonté pataude mais couarde, a humilié Rosana.

Ou bien peut-être réfléchit-il simplement à la manière dont elle a pu si vite découvrir notre polémique. Le courage est tellement relatif aux circonstances et si variable dans le temps. Mon grand-père n'est pas un homme de luttes. Il ne l'a jamais prétendu. Lui aussi a attendu. Il m'a dit, plus jeune, qu'il avait eu confiance en Pétain. Je lui parlais d'un roman sur la Résistance, avec des hommes et des femmes debout, que je venais de terminer. J'ai été choquée. Il y avait encore Félix, mon arrière-grand-père, insupportable mais héroïque et il y avait mon grand-père, si plaisant mais à la vie sans trompettes. Malgré l'Histoire. Il l'a traversée sans se lever. Je ne lui ai jamais demandé combien de temps il lui avait conservé sa confiance, au Maréchal, ni ce qu'il avait pensé de son procès puis de sa mort, seul, à l'île d'Yeu. Dans les gloires dérisoires que j'accorde à mon grand-père si raisonnable, il y a quand même celle que m'a offerte sans s'en apercevoir ma mère, sous le sceau du secret. Un jour, il a accepté sans poser de questions de payer l'avortement clandestin de l'une de ses amies de lycée, bien avant sa légalisation. Il s'est assuré de la qualité du médecin et de la convalescence de la fille. Cette fois-là, mon grand-père a défié son milieu, même si c'était en silence.

Je décide de l'aider un peu. Notre mutisme est trop long.

“Tu as demandé à Corbel s'il accepterait de laisser passer la pelleteuse dans son champ ?" Après tout, nous sommes un clan, et moi aussi, je suis restée une bonne petite fille. Il n'en fallait pas plus pour qu'il se lance dans l'exposé de ses plans. Dans le verger de ma mère, il me montre le tracé supposé de la canalisation. Il marche de long en large. Il est précis, technique. J'écoute ses explications. En fait, il a déjà tout prévu. Je ne sais pas combien de personnes l'ont accompagné ici.

Adossée contre un pommier tordu, je ne suis pas malheureuse. En bas, à la chute des champs, le village et ses toits vermillon. Seule l'église du XIXe siècle, avec ses ardoises qui jurent, se dresse grise et moche de prétention. Le beffroi fatigué qui la défie, en pierres du pays, n'est plus vraiment goguenard. La poste résiste. Le stade de foot s'impose, promesse de jeunesse, le long du cimetière placide. Près de la grande route se découpent les bâtiments préfabriqués de la force économique du coin. La rivière méandre en grandes embardées, indifférente au monde. Peu lui importe le nouveau plan local d'urbanisation qui a étendu les zones habitables.

Le ciel est rose à présent. C'est l'heure de rentrer. Mon grand-père poursuit la description des travaux à entreprendre sur le chemin du retour. Il est intarissable sur sa source. L'été prochain, ce calembour fera florès. La terre glaise, lessivée par l'orage de la veille, colle à nos chaussures en gros grumeaux. Le sentier tourne à angle droit. Il débouche sur deux champs. A gauche, les vaches, plus vives que tout à l'heure. A droite, le scooter de Julien. Et Julien, debout sur des bottes de foin empilées. Il a l'air d'attendre quelqu'un. Il a l'air de nous attendre. Il porte quelque chose de ses deux mains, qui luit. Son fusil de chasse. Il le casse puis le ferme d'un bruit sec qui me semble résonner. Il l'élève lentement jusqu'à ses yeux. Son œil doit être dans la mire. Il nous vise. Il vise mon grand-père. Je lui attrape le bras. C'est tout. Mon grand-père aussi est immobile. Vus de loin, nous ressemblons peut-être à ces héros impassibles devant l'ennemi. Dignes devant le danger, l'adversité ou le malheur. Droits jusque dans la mort. Deux parfaits couillons incapables de courir. Julien pose son doigt sur la gâchette. Il me semble tout près. Je peux sentir sa concentration. Il tire. Quand même, nous reculons.

Le silence nous gifle. Le fusil n'était pas chargé. Il saute de son perchoir et démarre son scooter dans le barrissement de son pot d'échappement trafiqué. Dans un jet de boue rougeâtre, il passe en trombe devant nous, son casque posé sur le haut de son front.

Mon grand-père s'époussette et s'autorise un soupir :

"Ah, ces gosses..." Le lourd loquet de la porte du chemin claque. Nous entrons dans la cuisine de notre aile de la maison. Il est tard. Ma grand-mère a dû nous attendre. Elle passe distraitement l'éponge sur la nappe.

"Je t'ai préparé ta tarte préférée pour ton dernier soir." Je lui souris gentiment et me coupe une rondelle de saucisson. C'est vrai que c'est mon dernier soir, je l'avais oublié. Sait-elle que j'ai menti sur le retour d'Alexandre ?

Mon grand-père se lave les mains.

"Rosana m'a prévenu tout à l'heure qu'ils seront tous absents demain. Ils partent voir sa sœur.

— Bien.

— Elle m'a également annoncé qu'elle renonçait d'elle-même à se baigner dans la piscine. Elle refuse, en conséquence je crois, de s'occuper de la nettoyer."

Sa phrase est joliment tournée, il a dû la ressasser pendant notre promenade.

Ma grand-mère lève la tête, intéressée.

"Je vois. Comment a-t-elle pu deviner ?

— Chérie, nous vivons en vase clos."

Ma grand-mère enlève son tablier, le plie, le pose sur le portant et quitte la pièce.

PETIT SOIR

LE TILLEUL fume. Ma grand-mère lutte contre le sommeil. Le roman historique abandonné sur son ventre monte et descend doucement. Il tombe. La Pompadour de la couverture, de poudre et de dentelles, en est toute retournée. Je me lève. Mon bouquin reste entrebâillé sur ma chaise. Laissons ce soir le commissaire Adamsberg se débattre seul dans ses histoires de pieds coupés. Je vais chercher ma lampe de poche posée sur le coin de la cheminée. Mon grand-père abaisse son journal :

“Tu sors ?

— Oui, je vais faire un tour.

— Alors, prends la clé de la cour.”

Tiens, on s’enferme maintenant. J’acquiesce et le parc m’accueille avec son air de mystère. Entre les marronniers, je discerne le frôlement des chauves-souris qui chassent. Je scrute les pelouses désertées par les vers luisants.

“Et ta mission va durer combien de temps ?”

La voix, tout enrouée de désillusion, résonne et s’éteint. Après, il n’y a plus rien que la nuit.

“Deux mois !”

Je traverse le gazon pour voir la piscine en contrebas. Hélène, ma tante si parisienne, est assise, de dos, accrochée à la solitude de son téléphone.

“Non, non, je pense que c’est super pour toi.”

Elle racle sa gorge.

“Tu vas être vraiment dépaysé en Chine. Tu dois donner ta réponse quand ?” Encore le même son éraillé. Ensuite, de nouveau le silence. Mais je perçois maintenant, par vagues, le flot enthousiaste des explications d’Etienne, son mari. Hélène tangue un peu, un gros pull passé sur sa robe safari, ses longues jambes repliées contre son ventre.

Elle est si loin de la Chine. Sa vie est arrimée aux embrasses framboise des rideaux de son salon, aux caisses en bois de la chambre des enfants, au cliché de la sortie de l’église cadré sur elle, rayonnante, en robe de mariée, à la façade lisse d’un immeuble haussmannien, à une haie d’aulnes en Sologne et aux nus qu’elle sculpte le jeudi soir. L’ombre de la muraille la happe tout entière. Il y a sa silhouette et la transparence tremblotante de l'eau. Elle s'allonge sur le gazon.

“Je crois que je vais en profiter pour aller au week-end organisé par ma bande de la fac. J'avais dit non. C'est pas si ridicule, cette idée de se retrouver après quinze ans.”

Le téléphone souffle, comme un bruit de ressac.

“Je ne vois pas pourquoi ça t'agace.”

Nous attendons toutes les deux que passe une étoile filante. La nuit bruisse. Elle joue avec sa tong du bout de ses orteils et arrache des poignées d'herbe de sa main libre. Enfin, elle se rassoit et tire sur sa robe.

“Et comment vont les enfants ? Les coups de soleil de Servane ?” Hélène a retrouvé sa voix posée, égale. Elle rit même un peu.

Elle est venue seule ; ses enfants ont une bien meilleure bande de cousins là-bas, dans la maison de sa belle-famille, en Sologne. La batterie de son téléphone râle et s'épuise en bips.

L'envie de sortir me reprend. Je franchis le portail et passe la maison des gardiens avec un délicieux frisson. Leur télévision lance des gros éclats de voix.

Tout est calme. A moi le sentier, le coteau, la vallée endormie. Les phares des voitures sur le pont de l'autoroute clignotent dans le vide. J'actionne la manivelle de ma lampe électrique dans un long ronronnement vaudou. Une ombre fine file près de mes jambes. J'allume. Trop tard. Je ne verrai jamais la fouine qui s'est si joliment découpée dans le noir. Le ciel d'août est intarissable. Dans le buffet de l'entrée, il y a toujours un paquet de cigarettes en attente. Je regrette de n'en avoir chipé aucune. Depuis le bannissement des fumeurs, j'ai bien sûr davantage de tendresse pour le tabac. L'expulsion dans la rue de cette communauté qui a régenté pendant un siècle le fumet de nos lieux de vie est l'un de ces fascinants retournements de l'opinion. Nous savons défaire, avec des bannières de vertu, les forts d'hier pour les réduire en importuns. La vertu première aujourd'hui est celle d'un corps sain. Un corps sain libéré de la pollution des autres. Nous nous accrochons à notre espérance de vie. Vivre tard et sans cancer. La quête de quelques années de sursis s'attache à des points névralgiques, le tabac, l'alcool au quotidien, l'amiante qui, après une longue inertie de l'opinion, sont reconnus comme insupportables, avec certaines réticences au début, puis avec indignation. Je m'assois sur le gros tronc qui gît le long des barbelés du verger.

Voilà. Mes cafés et mes apéros ne sont plus drapés de l'intimité des volutes de fumées ni aggravés des gestes étudiés de celui qui débat ou se confie, une cigarette calée entre ses doigts. Jamais plus je ne rentrerai au petit jour les cheveux emmêlés de l'odeur poisseuse des autres, les habits gorgés de nicotine et la gorge rugissante. Ou peut-être est-ce parce que j'ai vieilli. Vieillir serait alors ne plus considérer l'aube comme une victoire, comme l'enterrement festif d'un jour vécu, sucé de bout en bout, mais comme la couleur de la sonnerie du réveil, le signal d'une nouvelle course à l'efficacité.

Un petit vent joue à animer les arbres. Une hulotte bavarde ressuscite les guerres de Vendée. Je reviendrai. Dans un mois ou dans un an, sans raison ou pour un mariage, suppliée par ma mère, contrite ou heureuse d'être là, pour une réunion de famille ou pour un enterrement. Je reviendrai vérifier qui ils sont. Je débarquerai pour soigner un malaise, une solitude, et en récolter d'autres. Je poserai mes valises, je ne reste pas longtemps, hein, juste quelques jours, pour les écouter, pour les regarder vivre. Et je prendrai mon train, attendrie, agacée ou sombre. Un jour, mon dernier jour ici, je serai confusément atterrée de n'avoir pas su retenir des bribes de leurs vies pour ne pas qu'elles passent, sans bruit. Cette maison deviendra mon paradis perdu, un peu nauséeux, celui que je tresse déjà. Beau, fantasmé et triste. Comme pour tous les vieux cons.

J'ai envie de rire dans cette nuit splendide. Mais je ne sais pas rire toute seule. Une touffe d'herbe s'agite, peut-être un mulot. Je ne sais pas trop pourquoi je décide de rentrer. Je marche dans le noir, attirée comme un sphinx par la lumière du salon de la maison d'António. Je me surprends à entrer dans la première cour, furtivement, sur la pointe des pieds. Ma précaution est inutile. La nuit est pleine d'accords hard rock et de mugissements de voitures, libérés par la porte-fenêtre entrebâillée. Dans la pièce éclairée, Julien est assis sur le divan. Ses jambes écartées sont plantées sur le tapis. Tout son torse est penché, tendu vers la télé. Son profil découpe son visage, grave et nerveux. Ses mains masturbent la commande de sa console PlayStation 3. Ses mouvements sont saccadés, coordonnés ou furieux. L'écran plat frémit de la course automobile effrénée. Sur l'écran défilent les ficus des rues de San Francisco. Dans ce monde meilleur, Julien est aux commandes d'une Mustang rouge, profilée et racée. Il est agile.

Je franchis le portail pour gagner le parc, mes clés à la main. Les marronniers, que je devine, déploient leur grande ombre tranquille.

PURGATOIRE

UNE CHALEUR lumineuse m'a caressé la joue. Plusieurs mouvements de merles se répondent. Les vagues de soleil qui ajourent les rideaux trahissent une belle journée. Je sais qu'en ouvrant ma porte, je serai titillée par l'odeur de pain grillé. Ce réveil à la campagne a vraiment la couleur d'un matin d'août. En m'enfouissant dans mon oreiller, j'essaie d'échapper à sa fausse note. Il a le goût du départ. Mais c'est trop tard, j'ai déjà tenté d'évaluer le temps que me demanderait de rassembler mes vêtements abandonnés pêle-mêle sur le fauteuil et ceux que j'ai semés dans toute la maison. Autant se lever. Les tommettes sont encore fraîches et une bouffée de soleil m'accueille quand j'ouvre grand ma fenêtre. Les derniers matins de vacances ne sont pas satisfaisants. Ils n'ont pas la confiance ravie des premiers jours, où l'on s'enthousiasme sur l'inconnu d'une semaine à remplir. Ils n'ont pas non plus la pointe de déception angoissée des matins de mi-semaine où l'on réalise que la moitié des vacances a déjà glissé. Ils sentent juste la fin. Ces jours-là, je me lève avec la conscience prégnante que tout est dit dans l'univers que je vais retrouver. L'heure du réveil, ce à quoi je vais me consacrer. Ma seule oisiveté sera le temps de mon trajet en métro et ma plus grande liberté sera celle de décider à quelle heure je me couche. Et cette licence se paie cher. Mes lendemains qui se traînent sont éreintants. Je les hale jusqu'à la promesse de la grasse matinée du samedi pour regretter ensuite d'avoir gaspillé la moitié de ma journée. Mon dernier jour de vacances, le quotidien expié avant le départ se venge. La routine prend un air menaçant. Je me sens happée par l'ombre de l'appel téléphonique au syndic relégué à la rentrée et hantée par la silhouette d'un dossier soigneusement placé devant mon clavier pour traitement prioritaire au retour. La perspective d'ouvrir ma messagerie professionnelle est terrifiante.

Le soleil se fait plus insistant, le jour s'impose. J'envoie un grand coup de pied dans une balle de tennis qui n'a rien à faire là. J'ai envie de me laver de cette impression de rentrée. Septembre a des relents de papier Clairefontaine et de vacances dénaturées par les mots empesés jetés sur le devoir d'anglais nous sommant de raconter notre été. Allons me baigner une dernière fois au soleil du petit matin. J'attrape un livre pour avoir l'impression que j'ai du temps. En bas, ma grand-mère rit au téléphone. Elle a un de ces rires à grands éclats qui roulent en vagues, irrésistibles. Mes pieds sont tout poudrés par la poussière des graviers. Je marche les orteils un peu relevés pour ne pas me blesser sur les pierres du chemin. Je guette les rumeurs de cette maison que je vais laisser pour de longs mois. Aucun bruit d'eau, je serai délicieusement seule. La porte du potager ne grince toujours pas. C'est un peu triste.

La piscine s'étale, claire et tranquille. L'eau oscille juste assez pour en lécher les bords. Je lance ma serviette sur un transat et m'assois sur le plongeoir, face à la vallée. Sur la platebande de framboisiers qui a survécu au creusement du bassin, une ombre pend. Noire, écartelée. Une corneille a été suspendue par des fils tendus entre deux tuteurs, les ailes déployées. Son bec me regarde et luit. Elle tremble un peu, la mort, à force d'air dans ses plumes. Elle se gonfle et se hérisse puis se relâche pour redevenir un lamentable attrape-poussière. En tout cas, les merles n'ont pas saisi le message. Ou alors ce condamné qui n'est pas des leurs les laisse indifférents. C'est la curée des framboises. Je plonge.

Quand j'émerge, ma grand-mère coupe la ficelle au sécateur. Dans ses mains, la corneille est démystifiée. Elle est passée et loqueteuse comme ces trophées de chasse désavoués que la ménagère relègue dans un grenier sans oser les jeter. Elle me montre l'oiseau et explique :

"Je ne veux pas que les enfants aient peur ou jouent avec." Nous nous regardons. L'oiseau déguenillé prend son dernier envol vers un fourré d'orties.

PERMANENCE

MA GRAND-MÈRE longe tranquillement le sentier. Quand elle se penche pour arracher une mauvaise herbe, le temps est suspendu au mouvement précautionneux de ses hanches. Elle se redresse, c'est une victoire. Sa vie pèse sur chacun de ses pas. Ses années chaloupent légèrement sa démarche. Consciente de cette houle, ma grand-mère s'enracine sur terre. Quand les pierres roulent, elle suspend sa pensée et pose ses pieds bien à plat. Elle s'ancre dans ce sol, avec l'obstination résignée des survivants. Avec douceur, aussi. Elle est la seule personne dont je dirais avec conviction : "Elle a été heureuse." De ce bonheur dont on hérite par sa condition, dont on est affublé par la chance, mais que l'on choisit aussi de ne pas gâcher. A moins que je ne le croie parce que je suis arrivée tard dans sa vie. Et que j'en suis une justification. Je n'ai pas connu sa jeunesse, ses doutes et ses insatisfactions. Madeleine est pour moi la figure inébranlable de la grand-mère attentive. Celle qui raconte sans cesse les progrès de ses douze petits-enfants. Celle qui s'est drapée avec une fierté incrédule dans son nouveau statut d'arrière-grand-mère. Peut-être est-elle apaisée avec nous, parce que nous sommes sa continuité. Ce qu'elle a accompli, ce qui restera d'elle, après elle. Ma grand-mère sera, pour une ou deux générations encore, un jeu de cartes qu'elle nous a appris et que nous transmettrons, une partie de ping-pong ou de tennis qu'elle a voulu que nous aimions, une manière infaillible de faire prendre la mayonnaise. Plus tard, beaucoup plus tard, elle ne sera plus qu'une paire de fauteuils Louis XVI transmise et disputée à chaque succession, une horloge ou ce portrait ovale de jeune fille éternelle, blonde, toute de transparence et de voiles légers sur des seins impatients. Des petites filles rêveront de la même consécration virginale de leur jeunesse par un peintre habile. Un enfant se balancera ou s'assiéra sur l'accoudoir du fauteuil Louis XVI et sera tancé d'un "Arrête ! Tiens toi bien ! N'abîme pas le fauteuil de ton arrière-arrière-grand-mère". Puis, ma grand-mère passera. Son nom bourgeonnera seulement sur la branche d'un arbre généalogique.

Son souvenir sera arrêté aux deux plus grandes décisions de sa vie. Celle de se marier et de prendre le nom de son mari, ce qui lui vaut un lien ; celle d'avoir des enfants, ce qui la gratifie de trois ramifications. Son nom ne sera pas une impasse, une pousse coupée trop tôt ou desséchée.

Ma grand-mère s'est arrêtée. Elle gratte une tache sur sa jupe avec sa main froissée en vagues délicates jusqu'à son émeraude, qui continuera de briller sans elle. La pierre, piquée de soleil, est presque insolente. Madeleine s'interrompt pour regarder elle aussi son annulaire.

“J'ai été très gâtée par ma belle-famille, pour mes fiançailles. J'ai longtemps nettoyé ma bague tous les matins. Je ne pouvais pas m'empêcher de faire des manières.”

Madeleine rit en agitant sa main et je me sens moins honteuse. Elle s'amuse de ma gêne :

“A quoi penses-tu donc, avec cet air torturé ?

— Je pensais à Internet. C'est fou. Avant, le souvenir d'une famille tenait aux objets qu'elle avait laissés. Tu pouvais seulement avoir une idée de leur goût ou de leur époque.”

Le front de ma grand-mère se plisse de désaccord.

“Non, j'ai défait des malles et des malles dans cette maison. Les objets parlent bien plus que tu ne crois. Peu de monde jette ses secrets."

Je lui prends le bras pour requérir toute son attention.

"Peut-être, mais je me dis que maintenant, mes arrière-petits-enfants, s'ils tapent nos noms sur un moteur de recherche, pourront trouver nos photos de ski en combinaison fluo ou notre teint grisâtre après une soirée d'école. C'est bien plus qu'une recherche sur les registres d'état civil ou dans des vieux cartons.

— C'est une bêtise. J'ai entendu dire que ta petite-cousine Capucine mettait sur Internet des photos d'elle inconvenantes avec ses petits amis. C'est une sottise. Elle ne trouvera pas d'emploi.

— Dis-moi, je ne te savais pas autant à la pointe du débat !"

Ma grand-mère est ravie. Je l'embrasse sur la joue. Elle s'appuie sur un muret pour gravir trois marches molletonnées de mousse sèche. Son souffle est court. En haut, elle se ressaisit et se tourne vers moi :

"Tu penseras à dire au revoir à António et Rosana ?

— C'est trop tard. Ils ont déjà dû partir.

— Non, je les ai vus ce matin. Ils ont finalement préféré rester."

Je la regarde, un peu surprise.

"Ah bon ? Rosana avait pourtant l'air très déterminée, hier."

Ma grand-mère hausse les épaules.

“Très bien, j’irai après le déjeuner.”

Notre repas s’est étiré dans la lumière de la cour, nous laissant alanguis de chaleur et de satiété. D’un mouvement décidé, je me lève et secoue ma paresse. Je voudrais, avec l’urgence du départ, regarder la maison et la vallée, les emporter avec moi. L’ensemble, vu du fond du parc, dégage un incontestable air d’honorabilité. Encore une fois, je suis frappée par l’autorité de la pierre pour asseoir un statut. Les deux tours, la vieille, massive, stoïque, et l’autre, récente, fantaisiste, griment d’un air médiéval le corps des bâtiments. Derrière moi, en contrebas du muret, j’ai l’assurance de retrouver les ruines prometteuses des souterrains et la grande terrasse, toute de discipline, avec ses ifs bien réglés. Plus bas encore, la vallée, sous une chape de soleil, toujours dominée. Aux marches de ce petit monde, au-delà du portail qui le garde, je vois Rosana, sur sa terrasse. C’est l’heure du café. Elle me regarde aussi. Je suis suspendue à son immobilité. Puis elle agite son bras, d’un geste bref. En suivant la grande allée pour la rejoindre, je traîne un peu. Rosana est assise à l’ombre d’un parasol effrangé, une pile de courrier et de revues en tas devant elle.

“Alors, il paraît que tu nous quittes plus tôt ? Tiens, assieds-toi, le café est chaud.

Non, mets-toi à l'ombre, là. Tu vas te faire du mal avec ce soleil. Prends le fauteuil d'António, tu seras mieux. Mais si, vas-y, il ne reviendra pas, il est dedans, au frais. Du sucre ? Je ne sais plus si tu en veux ? Moi, c'est toujours un.

— Je prends le train de seize heures trente-trois. Je ne pensais pas pouvoir vous dire au revoir. Je vous croyais chez votre sœur.

— On n'a pas pu partir."

Elle rassemble et classe des papiers dans une chemise cartonnée qu'elle glisse ensuite sous son coude. Des brochures de supermarché traînent sur la table. Ses joues luisent de chaleur.

"On ne peut pas se permettre. J'ai trop de travail. Et tout ce que je n'ai pas fait aujourd'hui, je dois le faire après, en plus de tout le reste. Alors, tu penses bien que ma sœur, elle peut attendre."

Mon café est trop chaud pour que je le termine vite. Rosana, quand elle commence à se plaindre, s'enferre dans une humeur maussade.

"Je n'ai pas l'impression que ça aurait posé un problème que vous alliez voir votre sœur."

Rosana se renfrogne à peine.

"Tu as pu te baigner une dernière fois avant de partir ?"

Je la regarde pour vérifier l'absence de reproches. Elle a attrapé une paire de ciseaux et tranche d'un grand coup une chute de magazine. Elle découpe en bandes la page déchirée puis, dans un cliquetis machinal, les dépiaute.

"Oui, ça m'a d'ailleurs permis de voir la nouvelle tactique d'António pour éloigner les oiseaux des framboises."

La lame du ciseau étincelle. Rosana, qui récolte les confettis pour les jeter dans le cendrier, s'interrompt.

"De quoi parles-tu ?

— De la corneille morte qu'il a accrochée pour chasser les merles."

Rosana m'observe, le visage clos, sans que je comprenne ce qu'elle cherche à déceler.

Je lui souris.

"En tout cas, je suis contente d'avoir pu vous voir avant de partir.

— On te reverra quand ?

— Je ne sais pas encore. Peut-être cet automne."

Rosana me ressert du café, emmaillote la cafetière d'un torchon-calendrier et recouvre le sucre.

"Pour la Toussaint ? Tes grands-parents vont être contents. Ils n'attendent que ça."

Rosana lisse du bout des doigts la chemise en plastique dans laquelle elle a rangé ses papiers. La pochette adhère à sa manche, par électricité statique. Je me penche pour chasser une guêpe qui s'échine sur le couvercle de la boîte de sucre en fer. Les fleurs pastel de la toile cirée rabotent un peu mes coudes. La nappe est râpeuse de poudre de Javel sèche.

"En fait, je ne pense pas avoir de vacances à la Toussaint. Je préférerais venir un long week-end, fin novembre.

— Alors, il te faudra prévenir. Il n'y aura personne. Et comme il n'y a personne en hiver, ton grand-père vidange maintenant toute la tuyauterie quand il part. Tu vois, contre le gel. Je pourrais t'allumer le chauffage deux ou trois jours avant."

J'attrape une brochure publicitaire et ma tasse vide roule sur la table. Rosana la redresse d'un geste vif. Je tourne les premières pages du magazine dépecé. Les bons de réduction ont été découpés. Je laisse le journal de côté. Rosana s'est tue, son regard erre sur le portail.

"Rosana, est-ce que vous pouvez me redonner votre recette de cake au citron ? Je l'ai perdue.

— Ah, oui, c'est vrai que t'aimais bien mon gâteau."

Rosana se lève.

"Je vais te donner ça. J'ai même un jus qui va avec, maintenant. Tu verras, le gâteau est plus moelleux."

Julien surgit, tête baissée, sur la terrasse, un vieux sac à dos barbouillé de graffitis sur l'épaule et son casque sous le bras. Sa mère l'intercepte. Je n'avais pas remarqué qu'il était devenu si athlétique.

"Tu pars te baigner à la gravière ?"

Son fils opine et s'échappe. Rosana l'interpelle de nouveau. Elle a les joues rouges et cette voix chantante qu'elle prend quand elle lui parle.

"Tu reviens avant dix-neuf heures, hein ? N'oublie pas. Ton père veut que tu sois là pour le barbecue du syndicat."

Julien s'arrête, se retourne et ne peut pas s'empêcher de me regarder. Je tire vers moi un magazine et examine sa couverture. Rosana est déjà dans la cuisine et cherche dans ses livres de recettes. La télévision s'est tue. Je tourne les pages. Je ne connaissais pas leur engagement politique. Je sens toujours la présence de Julien, à mi-chemin du garage. Je me lève et cherche mes tongs sous la table. Mon départ le réveille. Il me rejoint en quelques grandes enjambées et s'approche jusqu'à m'effleurer. Je lui lance, avec chaleur :

"Ça va ?"

J'ai parlé beaucoup trop fort. Julien ne me répond que dans un souffle, ses mains tremblent en fouillant la pochette de documents de sa mère :

"Tiens, je suis sûr que c'est ça que tu cherchais."

Il me jette une feuille à la figure et me tourne le dos. Elle échoue par terre sans m'atteindre. Un peu d'air frais a sauvé mon honneur. Julien a gagné la porte de son garage. Je ramasse la lettre, la lis sous la pétarade du scooter qui démarre et la range vite dans la chemise en plastique. Je ne vois pas Rosana par la fenêtre de sa cuisine. Il commence à faire chaud. Je m'assois, verse de l'eau dans ma tasse et manque de renverser la carafe. António, sorti du salon, a posé une chaise en formica vert pâle sur le dallage. Il a dû trébucher un peu sur la marche de la porte-fenêtre, parce que les pieds de la chaise ont claqué sur les pierres.

"Bonjour, António !

— Bonjour."

António ne me regarde pas et se sert un café.

Nous restons tous les deux, notre tasse entre les mains. Mes pensées traînent sur leur terrasse, les pots de géranium, leur antenne parabolique qui fait face à la nôtre, et sur ce courrier d'une société de recouvrement de créances leur enjoignant de régler un crédit à la consommation impayé. António se balance, une Gitanes au coin des lèvres, sa chaise grince. Lui regarde notre maison. Le château, vu de leur terrasse, chancelle. Les graviers sont rares, les buis dégarnis, les marronniers malades. Le lierre accuse les années, mais bouffe tout de même le mortier. Je repousse mon fauteuil et Rosana apparaît enfin, sa recette recopiée d'une belle écriture ronde sur une feuille bristol.

"Tiens, voilà. Tu me diras des nouvelles du jus qui va avec le gâteau ! Allez, il est temps que tu files. Bon courage pour la reprise."

Je l'embrasse.

"Merci, Rosana, pour le café et votre accueil. J'ai hâte d'essayer votre cake. Au revoir, António, bonne fin d'été." António lève la tête et sourit un peu.

FILLE DE

MON GRAND-PÈRE m'a demandé de charger mon sac à dos dans le coffre. Il tapote le capot de la voiture, sort sa casquette, la repose sur le siège passager. Je ne m'inquiète pas, j'ai toute confiance en sa gestion sourcilleuse des horaires. Un coffre ouvert, un bagage mal fagoté, un comité de départ, août a perdu ses couleurs. La tournée des adieux ressemble un peu à celle des bonjours. En plus rapide et plus gêné. Chacun compatit à mon retour dans la fournaise parisienne. Je frôle des joues, remercie, promets d'embrasser mes parents. L'ambiance est un peu plate, la première défection, c'est déjà la fin des vacances. Victor s'est réveillé à temps pour me voir partir. Il débarque parmi nous en tee-shirt et caleçon, son teint superbe en étendard. Une tante lui apporte un café en riant. Déjà de bonne humeur, les yeux encore pleins de sommeil, il propose de me ramener dans un jour ou deux en moto à Paris et se lance dans une discussion sur les limitations de vitesse. Mon grand-père démarre la voiture, j'embrasse leur groupe d'un regard et gagne la banquette arrière. Ma grand-mère s'installe à l'avant et commente les travaux de jardinage à entreprendre avec la gaieté résignée qu'elle a quand nous partons. Les roues chassent les graviers, le parc nous salue. Dans la première cour, nous croisons Rosana, sur le pas de sa porte, une grande bassine à bout de bras, une brosse mal coincée sous sa main gauche. Mon grand-père ralentit pour passer le second portail. Rosana, encombrée, l'air concentré, nous fait un signe de tête. Un peu de mousse et d'eau gicle sur son tablier. L'eau doit être chaude parce que Rosana sursaute et pose précipitamment sa bassine. La brosse tombe. Mon grand-père est troublé, il recule pour renégocier le passage du portail étroit qu'il connaît si bien. Sa femme le taquine en posant gentiment sa main sur sa cuisse. "Chéri, tu préfères que je le fasse ?" Mon grand-père râle.

Nous nous moquons de lui et il finit par sourire. Il recommence doucement sa manœuvre. Je tourne le dos à la maison des gardiens pour critiquer une dernière fois la parabole complètement anachronique de mon grand-père. En dessous, sur la porte en acier du bûcher, quelqu'un a peint "Fils de pute" en grandes lettres rouges. Certaines lettres sont pleines, d'autres sont une série de points. La main n'a pas tremblé. Dix lettres d'une banalité confondante, et des millénaires de lutte qui sourdent.

Le moteur gronde un peu. Enfin, la morsure des plots du portail est passée. Je me penche sur le siège conducteur :

"C'est toujours mieux qu'«Omar m'a tuer»."

Ma grand-mère tourne la tête :

"Que dis-tu ?" Les yeux de mon grand-père pétillent dans le rétroviseur.

Nous quittons le château. Sur la route, après le tournant, la famille, descendue par l'arrière du parc, nous accueille à grands signes de bras. J'ouvre la fenêtre et leur crie "Au revoir". En réponse, dans ce rite familial cher à mon enfance, ils jettent bruyamment sur la voiture des brassées de feuilles de vigne vierge. Je me tasse un peu sur le siège, ramène mes genoux sous mon menton. J'aimerais savoir combien d'entre nous quittent cette maison avec, au coin de leur ventre, la nostalgie de ce qui n'a pas existé.

TABLE

BABEL

Extrait du catalogue

1034. INTERNATIONALE DE L'IMAGINAIRE N° 25
Le Patrimoine culturel immatériel, premières expériences en France

1035. NAGUIB MAHFOUZ
Le Cortège des vivants

1036. RÛMÎ
Le Livre du Dedans

1037. IBN 'ARABÎ
La Profession de Foi

1038. IBN KHALDÛN
La Voie et la Loi

1039. ANNE-MARIE GARAT
L'Enfant des ténèbres

1040. KARSTEN LUND
Le Marin américain

1041. CHI LI
Préméditation

1042. JOSEPH E. STIGLITZ
Le Triomphe de la cupidité

1043. LILIANA LAZAR
Terre des affranchis

1044. YÔKO OGAWA
La Marche de Mina

1045. SONALLAH IBRAHIM
Le Comité

1046. SONALLAH IBRAHIM
Cette odeur-là

1047. MOURAD DJEBEL
Contes des trois rives

1048. CLARO
Madman Bovary

1049. JEANNE BENAMEUR
Les Reliques

1050. KATARINA MAZETTI
Entre Dieu et moi, c'est fini

1051. STEFANO BENNI
Margherita Dolcevita

1052. OLIVIER PY
Théâtre complet III

1053. CLAUDIE GALLAY
Les Années cerises

1054. IN KOLI JEAN BOFANE
Mathématiques congolaises

1055. ANDRÉ BENCHETRIT
Impasse Marteau

1056. MARIE-SABINE ROGER
Les Encombrants

1057. PIERRE RABHI
Manifeste pour la Terre et l'Humanisme

1058. MOHED ALTRAD
Badawi

1059. AKIRA YOSHIMURA
Le Convoi de l'eau

1060. SEFI ATTA
Le meilleur reste à venir

1061. LIEVE JORIS
Les Hauts Plateaux

1062. FRANS DE WAAL
L'Age de l'empathie

1063. PAUL AUSTER
Seul dans le noir

1064. KATARINA MAZETTI
Entre le chaperon rouge et le loup, c'est fini

1065. DON DELILLO
L'Etoile de Ratner

1066. RACHID EL-DAÏF
Passage au crépuscule

1067. SHAHNON AHMAD
Le Riz

1068. METIN ARDITI
Loin des bras

1069. LYONEL TROUILLOT
Yanvalou pour Charlie

1070. VÉRONIQUE BIZOT
Mon couronnement

1071. SYLVAIN COHER
Hors saison

1072. KALÂBÂDHÎ
Traité de soufisme

1073. GHAZÂLÎ
Temps et prières

1074. ETGAR KERET
La Colo de Kneller

1075. KHALED AL KHAMISSI
Taxi

1076. JOËL DE ROSNAY
Et l'homme créa la vie…

1077. NOURJEHAN VINEY
Les Contes du roi Vikram

1078. *
Histoire de 'Arûs, la Belle des Belles, des ruses qu'elle ourdit et des merveilles des mers et des îles

1079. JOUMANA HADDAD
Le Retour de Lilith

1080. JOSÉ CARLOS SOMOZA
La Clé de l'abîme

1081. PETER HØEG
La Petite Fille silencieuse

1082. MAGYD CHERFI
Livret de famille

1083. INTERNATIONALE DE L'IMAGINAIRE N° 26
Labyrinthes du réel : écrivains estoniens contemporains

1084. HENRY BAUCHAU
Déluge

1085. CLAUDIE GALLAY
Les Déferlantes

1086. KATARINA MAZETTI
La fin n'est que le début

1087. ALBERTO MANGUEL
Tous les hommes sont menteurs

1088. JACQUES POULIN
Les Yeux bleus de Mistassini

1089. MICHEL TREMBLAY
Un objet de beauté

1090. ANNE-MARIE GARAT
Pense à demain

1091. CLAUDE PUJADE-RENAUD
Les Femmes du braconnier

1092. M. J. HYLAND
Le Voyage de Lou

1093. MARINA TSVETAÏEVA
Mon Pouchkine

1094. LAURE ADLER
L'Insoumise, Simone Weil

1095. XAVIER HAREL
La Grande Evasion

1096. PAUL VIRILIO
La Pensée exposée

1097. SÉBASTIEN LAPAQUE
Il faut qu'il parte

1098. IMRE KERTÉSZ
Le Drapeau anglais

1099. AKIRA YOSHIMURA
Liberté conditionnelle

1100. YÔKO OGAWA
La Bénédiction inattendue

1101. SALIM BARAKAT
Le Criquet de fer

1102. RUSSELL BANKS
Le Livre de la Jamaïque

1103. WAJDI MOUAWAD
Forêts

1104. JEANNE BENAMEUR
Ça t'apprendra à vivre

1105. JOSEPH E. STIGLITZ
Le Rapport Stiglitz

1106. COLINE SERREAU
Solutions locales pour un désordre global

1107. MAJID RAHNEMA
La Puissance des pauvres

1108. ALAIN GRESH
De quoi la Palestine est-elle le nom ?

1109. JANE GOODALL
Nous sommes ce que nous mangeons

1110. *
Histoire des quarante jeunes filles

1111. MATHIAS ÉNARD
L'Alcool et la Nostalgie

1112. NANCY HUSTON
Infrarouge

1113. JÉRÔME FERRARI
Un dieu un animal

1114. PAUL AUSTER
Invisible

1115. W. G. SEBALD
Les Anneaux de Saturne

1116. ALAIN CLAUDE SULZER
Un garçon parfait

1117. FLEMMING JENSEN
Ímaqa

1118. ALAIN LE NINÈZE
Sator

1119. AMARA LAKHOUS
Choc des civilisations pour un ascenseur
Piazza Vittorio

1120. EVA GABRIELSSON
Millénium, Stieg et moi

1121. INGVAR AMBJØRNSEN
Elling

1122. WAJDI MOUAWAD
Ciels

1123. AKI SHIMAZAKI
Mitsuba

1124. LAURENT GAUDÉ
Ouragan

1125. CÉLINE CURIOL
Exil intermédiaire

1126. ALICE FERNEY
Passé sous silence

1127. LYONEL TROUILLOT
Thérèse en mille morceaux

1128. FRÉDÉRIQUE DEGHELT
La Grand-Mère de Jade

1129. AHMED KALOUAZ
Avec tes mains

1130. FABIENNE JUHEL
A l'angle du renard

1131. W. G. SEBALD
Vertiges

1132. ANNE ENRIGHT
Retrouvailles

1133. HODA BARAKAT
Mon maître, mon amour

1134. MOUSTAFA KHALIFÉ
La Coquille

1135. JEREMY RIFKIN
Une nouvelle conscience pour un monde en crise

1136. PRALINE GAY-PARA
Récits de mon île

1137. KATARINA MAZETTI
Le Caveau de famille

1138. JÉRÔME FERRARI
Balco Atlantico

1139. EMMANUEL DONGALA
Photo de groupe au bord du fleuve

1140. INTERNATIONALE DE L'IMAGINAIRE N° 27
Le patrimoine, oui, mais quel patrimoine ?

1141. KATHRYN STOCKETT
La Couleur des sentiments

1142. MAHASWETA DEVI
Indiennes

1143. AKI SHIMAZAKI
Zakuro

1144. MAXIM LEO
Histoire d'un Allemand de l'Est

1145. JOËL DE ROSNAY
Surfer la vie

1146. VASSILI PESKOV
Des nouvelles d'Agafia

1147. CAMILLA GIBB
Le Miel d'Harar

1148. MARIE-SABINE ROGER
La Théorie du chien perché

1149. MARIA ERNESTAM
Les Oreilles de Buster

1150. KHALIL GIBRAN
Les Esprits rebelles

1151. SIRI HUSTVEDT
La Femme qui tremble

1152. JEANNE BENAMEUR
Les Insurrections singulières

1153. MATHIAS ÉNARD
Parle-leur de batailles, de rois et d'éléphants

1154. LAURENT GAUDÉ
Les Oliviers du Négus

1155. FRÉDÉRIQUE DEGHELT
La Nonne et le Brigand

1156. NICOLE ROLAND
Kosaburo, 1945

1157. LAURENT SAGALOVITSCH
Dade City

1158. JOUMANA HADDAD
J'ai tué Schéhérazade

1159. MAURICE AUDEBERT
Tombeau de Greta G.

1160. ÉMILIE FRÈCHE
Le Film de Jacky Cukier

1161. CAROLE ZALBERG
A défaut d'Amérique

1162. JEAN-LUC OUTERS
Le Voyage de Luca

1163. CÉCILE LADJALI
Aral

1164. JÉRÔME FERRARI
Aleph zéro

1165. YÔKO OGAWA
Cristallisation secrète

1166. JAVIER CERCAS
Anatomie d'un instant

1167. JEAN-JACQUES SCHMIDT
Le Livre de l'humour arabe

1168. BRUNO TACKELS
Walter Benjamin

1169. NICOLAS CHAUDUN
Haussmann, Georges Eugène, préfet-baron de la Seine

1170. ALAA EL ASWANY
Chroniques de la révolution égyptienne

1171. PIERRE RABHI
Vers la sobriété heureuse

1172. LE COLLEGIUM INTERNATIONAL
Le monde n'a plus de temps à perdre

1173. FRANÇOIS RUFFIN
Leur grande trouille

1174. MARINE JOBERT ET FRANÇOIS VEILLERETTE
Gaz de schiste

1175. LES ÉCONOMISTES ATTERRÉS
Changer d'économie !

1176. SIRI HUSTVEDT
Un été sans les hommes

1177. PAUL AUSTER
Sunset Park

1178. KATARINA MAZETTI
Mon doudou divin

1179. ROOPA FAROOKI
La Petite Boutique des rêves

1180. A. M. HOMES
Le Sens de la famille

1181. MARION SIGAUT
La Marche rouge

1182. JOËL POMMERAT
Cendrillon

1183. JOSÉ LENZINI
Les Derniers Jours de la vie d'Albert Camus

1184. METIN ARDITI
Le Turquetto

1185. ANNE DELAFLOTTE MEHDEVI
La Relieuse du gué

1186. JEAN GUILAINE
Pourquoi j'ai construit une maison carrée

1187. W. G. SEBALD
Austerlitz

1188. CARLA GUELFENBEIN
Le reste est silence

1189. TAYEB SALIH
Les Noces de Zeyn

1190. INTERNATIONALE DE L'IMAGINAIRE N° 28
A la rencontre des cultures du monde

1191. JÉRÔME FERRARI
Le Sermon sur la chute de Rome

1192. LYONEL TROUILLOT
La Belle Amour humaine

1193. ARNAUD RYKNER
Le Wagon

COÉDITION ACTES SUD – LEMÉAC

Ouvrage réalisé
par l'Atelier graphique Actes Sud.
Achevé d'imprimer
en juillet 2013
par Normandie Roto Impression s.a.s.
61250 Lonrai
sur papier fabriqué à partir de bois provenant
de forêts gérées durablement
pour le compte
des éditions Actes Sud
Le Méjan
Place Nina-Berberova
13200 Arles.

Dépôt légal
1re édition : août 2013
N° impr. : 132696
(Imprimé en France)